Original title : Con-Nerd
Published by Penguin Australia Pty Ltd.
Text copyright ⓒ Oliver Phommavanh,
2011 Copyright ⓒ Oliver Phommavanh, original publication year

All rights reserved.
and any other copyright notice must be included according to the applicable legislation.

Korean Translation Copyright ⓒ 2016
by Danielstone Publishing
This Korean Language Edition is published by arrangement with
Penguin Australia Pty Ltd through The Agency Sosa

이 책의 한국어판 저작권은 에이전시 소사를 통해 Penguin Australia와의 독점 계약으로
뜨인돌출판(주)에 있습니다. 저작권법에 의해 한국 내에서 보호를 받는 저작물이므로
무단전재와 무단복제를 금합니다.

하필이면 꿈이 만화가라서
초판 1쇄 펴냄 2016년 3월 18일
　　6쇄 펴냄 2022년 4월 5일

지은이 올리버 폼마반
옮긴이 조윤진

펴낸이 고영은 박미숙
펴낸곳 뜨인돌출판(주) | 출판등록 1994.10.11.(제406-251002011000185호)
주소 10881 경기도 파주시 회동길 337-9
홈페이지 www.ddstone.com | 블로그 blog.naver.com/ddstone1994
페이스북 www.facebook.com/ddstone1994 | 인스타그램 @ddstone_books
대표전화 02-337-5252 | 팩스 031-947-5868

ISBN 978-89-5807-605-6　03840

하필이면
꿈이 만화가라서

올리버 폼마반 지음 | 조윤진 옮김

뜨인돌

1

엄마는 사람들에게 이야기한다. 내게 타고난 재능이 있다고.
하지만 나는 진실을 알고 있다.
난 그저 얼간이일 뿐이다.
애들은 날 '코너드'라고 부른다. 내 이름 '코너'에 얼간이, 범생이, 찌질이를 통틀어 부르는 '너드'를 합친 말이다.
사실이다. 난 클라크 켄트처럼 엄청 두꺼운 안경을 걸치고 있다.
클라크 켄트는 안경을 벗으면 슈퍼맨이 된다.
하지만 난 안경 없이는 슈퍼 맹인이 될 뿐이다. 엄마는 안경이 두꺼워질수록 내가 더 똑똑해질 거라 생각한다.
안경뿐이 아니다. 학교가 쉬는 날에도 과외학원에 처박혀 있는 건 얼간이들이나 하는 짓이다. 나는 얼간이들을 위한 올림픽, 특목고 입학시험을 준비하고 있다. 엄마는 내가 금메달을 따길 바란다.
나의 합격을 위해서라면 엄마는 뭐든 할 거다. 돈이 필요하다면 우리가 살고 있는 아파트도 팔아 버릴지 모른다.

하지만 돈으로 특목고에 들어갈 순 없다.

그래서 엄마는 최선의 차선을 택했다.

나는 2학년 때부터 학생들을 일류학교에 잘 보내기로 유명한 밴 선생님의 과외수업을 듣고 있다. 합격률이 99.5퍼센트라는데, 나머지 0.5퍼센트에게는 도대체 무슨 일이 있었던 걸까? 어떻게 반쪽이 떨어질 수 있지?

지금은 답을 여러 개 골라야 하는 두꺼운 수학 교과서를 들여다보는 중이다. 보기가 여러 개라면 쉬울 거라 생각하겠지만, 그렇지가 않다. 더 헷갈린다. 밴 선생님의 말대로라면 즉시 골라낼 수 있는 틀린 답이 두 개고, 나머지 두 개는 정답, 그리고 정답에 가까운 오답 하나가 있다.

답을 고르는 데 너무 고민하느라 뒷부분은 시간이 없어 허둥대며 시험을 마쳐야 했다. 지난번 영재반 테스트에서도 이러다가 떨어졌는데.

"55쪽, 연습문제 19-2번."

밴 선생님이 화이트보드 앞에서 큰 소리로 외치자 아이들은 일제히 책을 펼치고 문제를 풀기 시작했다. 부모님들이 뒤에 와 있기라도 한 것처럼 교실은 쥐 죽은 듯 조용했다.

"이런 쉬운 문제들은 놓치지 마라. 거저 준 거나 마찬가지니까 틀려선 안 돼."

선생님이 늘 하는 말이었다. 그리고 마지막은 항상 이렇게 마무리했다.

"공부해!"

문제를 푸느라 시간에 쫓기면서도 한편으론 지루했다. 형태를 측정하는 문제들이 몇 페이지나 이어졌다. 최대한 신속하게 면적을 계산해 아래쪽 칸에 휘갈겨 적었다. 한참이나 도형들을 노려보고 있자니 눈앞에는 만화가 보이기 시작했다. 원래 만화란 단순한 형태에서부터 출발하니까. 연필을 잡고 원 모양을 잽싸게 어릿광대로 변신시켰다. 단추 모양 코와 꼬불거리는 머리에 절로 웃음이 나왔다. 직사각형에게는 다리와 꼬리를 달아 주었다. 강아지로 할까? 아니다. 예리한 송곳니와 날카로운 발톱을 가진 늑대가 낫겠다. 늑대는 지금 어릿광대를 맹렬히 추격 중이다. 살라미 소시지로 만들어진 어릿광대의 코 때문이다. 삼각형은 떼 지어 있는 까치로 바꿔 버렸다. 까치들 역시 살라미 소시지를 쫓고 있다.

"코너!"

밴 선생님이 내 작품을 내려다보고 있었다. 선생님의 눈썹은 결전을 앞둔 앵그리 버드 같았다. 선생님은 내 만화에서, 혹은 그 어떤 것에서도 유머라곤 찾아낼 수 없는 사람이었다. 웃음이라는 걸 추억하기엔 너무 나이가 많았다.

"입학시험이 석 달 남았다."

선생님의 목소리는 늑대가 으르렁대는 것 같았다.

"좀 더 진지하게 열중하도록 해라."

나는 진지하다. 어릿광대와 강아지는 꽤 괜찮아 보였다. 그림 실력이 나날이 좋아지는 중이다.

"전부 지워."

밴 선생님이 내 교과서를 탁탁 치며 말했다.

"정답도요?"

"그리고 연습문제 19-3번과 19-4번을 풀도록 해."

나는 의자에 구부정하게 기대며 짧게 내뱉었다.

"으으으, 네."

"다 끝내지 못하면 숙제다."

'이게 다 널 위해서야'라고 말하는 듯한 선생님 특유의 표정이 나왔다. 내가 정말 싫어하는 표정이었다. 하지만 훨씬 더 싫은 건 그림을 지워야 한다는 사실이었다. 어릿광대와 늑대에게 소심한 작별 인사를 건넸다. 아마 오늘 밤 비밀 스케치북에서 다시 만날 수 있을 거야.

일단 산더미처럼 쌓인 숙제부터 해결하고 나서.

2

엄마는 내가 커서 의사가 되길 바란다.

그걸 주입시키기 위해 일주일에 한 번씩 자신이 근무하는 리버풀 병원에 나를 데려간다. '직장에 자녀를 데려가는 날'이 영원히 계속될 것만 같다. 그래서 난 미칠 지경이다.

오전 근무가 끝났는데도 여전히 간호사 유니폼을 입고 있는 엄마는 보안요원에게 출입카드를 들이대며 비밀 기지에라도 들어가는 것처럼 행동했다.

거대한 회색 블록 같은 병원 건물 안으로 들어서면 사방이 온통 하얀색이다. 하얀 벽, 하얀 천장, 하얀 유니폼까지. 병원은 꼭 누군가 색깔을 입혀 주길 기다리는 색칠공부 책 같다.

엄마의 동료인 최 선생님과 응우옌 선생님에게 인사를 하러 갔다. 엄마는 함께 일하는 사람들 중에서 가장 키가 작다. 나보다도 작으니 내년쯤에는 나를 키 재기 눈금자로 이용해도 될 것 같다. 다른 동료들과 함께 있을 때면 엄마는 꼭 막내 여동생처럼 보였다.

"공부는 잘돼 가니?"

최 선생님이 물었다.

"네, 뭐. 괜찮아요."

대충 얼버무리자 엄마가 내 등을 쿡 찔렀다.

"좀 성의껏 대답할 순 없니."

"진짜, 정말, 잘하고 있어요."

최 선생님이 웃음을 터뜨렸다.

"단어 수업이 이제야 효과를 보는 것 같구나."

엄마 친구의 아들딸은 하나같이 전부 다 천재다. 내가 그냥 범생이라면 걔네들은 슈퍼 울트라 범생이다.

인사를 마치고 엄마와 나는 판자로 가려진 벽을 따라 쭉 걸어 내려왔다. 벽 너머로 요란한 망치질과 톱질 소리가 들렸다. 번쩍이는 붉은색 간판에 토머스 바드 교육센터라고 적힌 글자를 어루만지며 엄마가 말했다.

"언젠가는 네가 이곳 의대생이 되어 있겠지."

그러고는 깜빡이는 불빛을 잠시 응시했다.

"그럼 너는 닥터 왕이 되는 거고······."

내 기분이 들떠 있다는 사실을 누구에게도 들켜선 안 된다. 그리 어려운 일은 아니었다. 난 친구가 없으니까. 엄마는 내가 그림에 재능이 있다는 사실을 전혀 몰랐다. 나는 스케치북을 침대 매트리스 밑에 숨겨 두고 근 1년간 이 사실을 숨긴 채 살아왔다. 처음엔 만화책에 나오는 등장인물들을 따라 그리는 수준이었지만 이제는 나만의 독특한 스타일로 그릴 수 있게 되었다. 그림을 그릴 때 느끼는 자유, 그건 마치 퍼붓는 빗속을 뛰어다니는 느낌이라고나 할까.

엄마에게 어떻게 말해야 할지는 아직 모르겠다. 엄마는 내 생일 선물로 여전히 의사와 관련된 것들을 사다 나르고 있다. 2학년 때는 의사 놀이 세트였고 3학년 때는 인간의 몸에 관한 책이었다. 작년에는 수술하는 의사 역할을 할 수 있는 비디오 게임이었는데 적어도 두뇌 훈련 게임보다는 나았다.

"탕 선생님이 바쁘신지 한번 가볼까."

2층에서 엘리베이터를 탔다. 탕 선생님은 머리에 비해 너무 크고 두꺼운 안경을 쓰고 있어서 꼭 파리처럼 보였다.

엄마와 탕 선생님은 중국어로 이야기를 나눴고 나는 탕 선생님의 해골 모형 옆에서 이리저리 건들거리며 서 있었다.

"공부는 잘돼 가니?"

탕 선생님이 나를 향해 물었다.

"네, 잘하고 있어요."

계속되는 똑같은 질문에 똑같이 대답하는 데도 제법 재미가 붙었다.

"탕 선생님처럼 되려면 공부를 열심히 해야지."

역시 똑같은 엄마의 멘트. 데자뷔다. 이미 수없이 되풀이되었던 광경이다.

탕 선생님이 차트를 집어 들었다.

"환자들을 보러 가야겠구나. 톰슨 부인이 새로 엉덩이 수술을 했는데, 같이 보러 갈래?"

"아뇨, 괜찮아요."

혹시 팔이나 다리가 하나 더 있는 환자라면 흥미로웠을지도 모르겠다. 하지만 탕 선생님의 환자는 대부분 요양원에서 온 사람들이었다.

"어서 가 보세요. 나중에 또 뵈어요."

재빠르게 복도를 가로지르는 탕 선생님의 하얀 가운이 망토처럼 휘날렸다.

"정말 멋지지 않니?"

엄마가 나를 돌아보며 한 말이었다.

나는 이리저리 눈동자를 굴렸다. 글쎄…… 탕 선생님이 불을 뿜는 드래곤과 싸우러 가는 것 같지는 않은데.

"식구들이 얼마나 자랑스러워할까."

엄마 때문에 의사가 되는 사람들이 몇이나 될까? 엄마는 늘 말하곤 했다. 내가 우리 집안 최초로 의사가 될 거라고. 나는 아무 말도 안 했다. 엄마가 행복하길 바랐으니까. 하지만 1년 365일 24시간 내내 기침약과 토사물 냄새를 풍기며 살 수 있을까?

어쩌면 나는 아픈 사람들에게 재미있는 만화를 그려 주는 어릿광대 의사가 될지도 모르겠다.

그럼 엄마와 나, 모두가 행복해지겠지.

내 꿈이 언제나 예술가였던 건 아니다. 1학년 때는 스파이더맨이 되고 싶었다. 진짜 스파이더맨이 아니라, 쇼핑센터의 산타클로스처럼 스파이더맨의 조수들 중 한 명이 되고 싶었다. 연필, 장난감, 책, 심지어 속옷까지 스파이더맨과 관련된 건 전부 다 갖고 있었고 교복 속에 스파이더맨

복장을 입고 다녔다. 학교를 마치면 스파이더맨으로 변신해서 벽을 따라 기어 다니며 벌레를 잡아 납작하게 찌부러뜨리기도 했다.

그러고 나서 스파이더맨을 그리기 시작했다. 선생님이 강아지를 그리라고 하면 나는 스파이더 강아지를 그렸고, 집을 그리라고 하면 스파이더 아파트를 그렸다.

그러던 어느 날, 엄마가 나타나 대대적인 스파이더 소탕 작전에 돌입했다. 빨간색과 검은색, 그리고 파란색이 들어간 물건이 죄다 사라졌다는 걸 알고 나는 눈이 퉁퉁 붓도록 펑펑 울었다. 엄마는 스파이더맨이 되는 건 아무짝에도 쓸모없다고 했다. 스파이더맨이 얼마나 쓸모 있는데……. 그의 어깨엔 세상을 구해야 할 책임이 있다.

슈퍼 히어로가 되는 건 포기했다. 하지만 나는 슈퍼 히어로를 그리는 사람이 되고 싶다.

3

학기가 다시 시작된 첫날이다. 진짜 학교 말이다.

"그러다 지각하겠어."

엄마 목소리는 작고 비좁은 아파트 구석구석까지 아주 잘 울려 퍼졌다.

"7시 30분밖에 안 됐는데."

선생님도 아직 학교에 도착하지 않았을 시각이다.

"엄마는 중국에서 6시면 학교에 가야 했어."

그럼 12시면 학교가 끝난다는 얘긴데, 훨씬 더 좋은 거 아닌가?

휘적휘적 거실로 들어서다 그만 3학년 성적표 액자를 건드려 쓰러뜨리고 말았다. 엄마는 지금껏 내가 받아 온 상들을 하나도 빠짐없이 벽에 걸어 두었다. 교장선생님 상은 물론이고 심지어 '탁월한 노트정리' 상부터 '조용히 숙제를 잘 함' 상까지 전부 다 있었다. 엄마는 상장 하나하나가 가문의 영광이라고 했다. 내가 그림을 잘 그려서 상을 받아 온다 해도 가문의 영광이 될는지 궁금했다.

텔레비전 위에는 학년별로 찍은 증명사진들이 놓여 있다. 그 사진들은 한 장씩 천천히 넘기는 슬로모션 만화책 같다. 자세히 보면 내 안경이 점점 더 커지고 두꺼워지는 중이다.

지금보다 훨씬 더 젊은 시절 엄마와 아빠가 중국에서 찍은 사진도 있다. 아빠는 키가 크고 호리호리해서 꼭 메뚜기처럼 보였다. 내가 태어난 지 한 달쯤 되었을 때, 그러니까 아빠가 돌아가시기 직전 나와 함께 찍은 사진도 딱 한 장 있었다. 사진들은 전부 아빠의 제단 주위에 놓여 있는데, 이 제단을 모시는 일로 말하자면 우리가 아빠를 잊지 않기 위해 행하는 많은 의식들 중 하나다. 보름달과 반달이 뜰 때마다 엄마는 아빠를 위해 기도를 하고 커피나 과일 같은 음식을 제단에 올렸다. 그러면 아빠와 우리가 함께 음식을 나누어 먹는 것과 같은 거다. 어릴 적에는 정말로 아빠의 영혼이 음식을 먹는다고 생각했었다. 아빠가 우리를 위해 음식에 축복을 내려 준다는 사실을 엄마가 말해 주기 전까지는 말이다.

식탁 위에 학교 준비물이 전부 준비돼 있었다.

컴퍼스, 삼각자, 각도계 등등 기하학 세트.

별 의미 없는 문장들로 장식된 눈금자.

그리고 벽돌. 아니다, 사전이었군.

"네가 이걸 좀 읽었으면 좋겠구나."

"무슨 뜻이야. 사전을 읽다니?"

나는 손에 든 사전의 무게를 느끼며 엄마를 향해 물었다.

"철자법과 어휘력에 도움이 될 테니까."

광장하군. 이로써 나는 누군가에게 두들겨 맞았을 때 도와달라는 말을 다섯 가지나 다르게 표현할 수 있게 될 거다. 엄마가 나에게 읽게 한 책이 올해에만 100권은 된다. 그림 없이 전부 글로만 되어 있는 진짜 책 말이다. 만화책을 읽으라고 한다면 1,000권이라도 충분히 읽을 텐데.

준비물을 아무렇게나 가방에 쑤셔 넣었다. 안에는 점심시간에 해치워야 할 과외학원 숙제가 이미 들어차 있었다. 가방을 챙기고 나니 더 이상 내가 할 일은 없는 것 같아서 식탁에 앉아 곡물 머시기 시리얼을 먹기로 했다. 엄마는 언제나 이 시리얼을 사 왔는데, 이유인즉 포장 상자에 비타민이 풍부해서 머리가 좋아진다고 쓰여 있기 때문이었다. 이 시리얼이 골판지 맛이 나는 데다가 나무껍질로 만든 칩이 간간이 씹힌다는 건 머리가 좋지 않아도 누구나 알 수 있었다. 나의 뇌가 강렬히 원하는 건 코코 팝스인데······. 시리얼에 우유를 붓고 건더기가 둥둥 떠오르는 모습을 가만히 지켜보았다.

엄마가 시디플레이어를 틀었다. 아마도 중국의 유명한 피아니스트인 랑랑*의 음반인 것 같다. 엄마는 일을 시작하기 전에 이 음악을 들으면 마음이 안정된다고 했다.

숟가락으로 우유를 홀짝거리고 있는데 맨디가 현관문을 두드렸다. 맨디라는 걸 단박에 알 수 있는 이유는 다른 사람들은 전부 벨을 누르기 때문이다. 우리는 이웃사촌 같은 사이다. 맨디는 바로 옆 아파트에 산다.

*중국 출신의 세계적인 천재 피아니스트. 어려운 가정 형편에도 불구하고 세 살 때부터 피아노를 시작해 열두 살에 독일에서 열린 피아노 콩쿠르 수상을 시작으로 세계에 명성을 알리기 시작했다.

엄마들끼리 친구라는 이유로 우리는 억지로 함께 어울려야만 했다.

엄마들은 우리더러 학교까지 함께 가라고 했다. 그래야 내가 맨디를 보호해 줄 수 있을 거라면서 말이다. 하지만 나의 도움 따윈 필요 없었다. 맨디는 난폭한 소녀였고 나는 그런 맨디의 샌드백이었다. 필요하다면 내 멍 자국을 보여 줄 수도 있다.

엄마가 문을 열어 주러 간 사이 나는 그릇에 담은 곡물 머시기 우웩을 싱크대에 얼른 쏟아 버렸다.

"좋은 아침이다, 맨디. 오늘 아주 예쁘네."

"감사합니다, 아줌마."

맨디는 랑랑의 음악에 맞춰 스커트 자락을 날리며 빙글빙글 돌았다. 핑크색 레이스로 포인트를 준 새 스니커즈 운동화를 신고 있었다.

"이봐, 코너드. 우린 이제 6학년이야. 제일 높은 학년이라고."

난 아닌데. 학교에는 나보다 키가 큰 4학년도 널렸다.

"다녀올게, 엄마."

"학원 숙제 잊지 마."

등 뒤에서 엄마가 외치는 소리가 들렸다.

"이제 진짜 음악을 좀 들어 볼까."

맨디가 엠피스리를 꺼내자 우리는 이어폰을 한 쪽씩 나눠 꽂고 학교로 향했다. 집에서 그린 힐 공립학교까지는 노래 세 곡 정도 들으면 닿는 거리였다.

"그건 엄마가 듣는 중국 음악이야. 내가 듣는 거 아니라고."

"농담이야. 너야말로 우리 엄마가 부르는 베트남 노래를 들었어야 하는

데."

그건 쉽게 상상할 수 있다. 맨디도 항상 부르니까.

"제이슨 보보의 이번 신곡 좀 들어 봐. 정말 끝내줘."

비트에 맞춰 고개를 까닥여 보려 했으나 리듬이 너무 난해했다. 정말 끝내주는 음악이란 게 뭔지 난 잘 모르겠다. 아까 엄마가 줘 준 사전을 찾아보면 나오려나.

맨디는 제이슨 보보의 음악에 한껏 심취해 있었다.

"제이슨이랑 나는 별자리가 똑같아. 물병자리야."

"그게 무슨 뜻인데?"

맨디가 자신의 허벅지를 툭툭 쳤다.

"너는 물고기자리잖아. 어쩜 그렇게 아무것도 모를 수가 있냐."

"네가 별자리 신봉자라는 것쯤은 나도 알아."

이번에는 복싱 선수가 잽을 넣듯이 내 어깨를 툭 쳤다.

"난 앞날을 예언할 수 있어. 장담하는데 우리는 또 같은 반이 될 거야."

나도 그러길 바랄 뿐이다. 학교에서 맨디 말고 나에게 말을 거는 사람은 거의 없었다. 그게 내가 매년 '꾸준히 노력하는 학생' 상을 받는 이유이기도 했다.

맨디가 엠피스리의 전원을 끄고 필통 안에 숨겼다.

"난 이만 티나를 찾으러 가야겠어. 이따 봐, 코너드."

나는 수학 숙제를 마저 끝내기 위해 조용한 곳으로 갔다. 그리고 밤사이 내린 이슬에 그나마 좀 덜 젖은 피크닉 테이블을 찾기 시작했다. 높다란 유칼립투스 나무 아래 그늘진 곳이 내가 가장 좋아하는 장소였다. 그런데 오늘은 웬 예쁘장한 여학생이 거기 앉아 있었다.

슬금슬금 그 여학생 곁으로 다가갔다. 새하얀 피부에 물고기 라인 같은 눈초리가 가까이서 보니 더 예뻤다. 차림새는 패션 잡지에서 막 튀어나온 것처럼 보였다.

"어…… 있잖아, 여기 앉아도 될까? 그러니까 네 옆이 아니라 여기 이쪽 구석에……."

나는 손가락으로 의자를 통통거리며 말을 걸었다.

"네 친구들이 오면 바로 비켜 줄게."

"괜찮아. 나 오늘 전학 첫날이야."

그 여학생은 손가락으로 머리카락을 배배 꼬며 대답했다. 기다랗게 내려온 머리카락으로 초콜릿 잼을 찍어 먹기라도 할 것 같았다.

"아, 그렇구나. 나는…… 코너라고 해. 어디에서 왔어?"

"숙명."

"숙 뭐라고?"

"서울에 있는 학교 이름이야. 난 한국에서 전학 왔어."

립글로스에서 딸기향이 훅 하고 풍겨 왔다. 나는 두 번이나 팔을 꼬집어 이게 꿈인지 생신지 확인해 보았다. 분명 꿈은 아니었다.

"내 이름은 토리야. 지금 뭐 하는 중이야?"

무시무시한 수학 교과서로 토리에게 겁을 줄 수는 없었기에 대신 스케치북을 꺼내 들었다.

"작업 좀 하고 있었어. 만화 그리는 걸 좋아하거든."

"우아, 대단하다."

토리와 손이 살짝 닿은 순간 온몸이 녹아내리는 것만 같았다.
"이거 꼭 〈드래곤 윙스〉에 나오는 것 같은데."
순간 나의 찌질한 감각이 찌릿찌릿해졌다. 마치 스파이더맨이 무언가를 감지했을 때처럼.
"그걸 어떻게 알았어?"
"한국에서도 꽤 유명하거든."
토리와 나는 벨이 울릴 때까지 계속 이야기를 나눴다.
"가자. 어디로 가서 줄을 서야 하는지 알려 줄게."
우리는 그늘진 길을 따라 아침 조회 하는 곳으로 걸어갔다. 토리가 나를 향해 미소 짓자 나는 말랑말랑한 해파리마냥 수면 위를 둥둥 떠다니는 기분이었다.
"어이, 범생이 샌님, 빨리빨리!"
누군가 수학 문제를 물어보는 줄 알고 고개를 돌린 순간, 농구공이 날아와 퍽 하고 내 머리를 후려쳤고 안경은 바닥으로 내동댕이쳐지고 말았다.
스티븐이 깔깔대고 있었다.
"이봐, 다짜. 너 나한테 슬러시 한 잔 사는 거다! 내가 뭐랬어. 이 머저리가 공을 잡을 리 없다고 했잖아."
내가 다시 안경을 썼을 때 토리는 이미 가버리고 없었다. 가방 속에 들어 있는 사전 모서리가 등을 콕콕 찌르는 게 느껴졌다. 이건 꿈이었을지도 모른다. 아니면 토리가 내 실체를 알아 버렸거나.

4

 루비 교장선생님이 마이크를 들고 단상 위로 올라가 모두에게 주문을 걸었다. 조용!
 "좋은 아침이에요, 그린 힐 학생 여러분."
 선생님은 훌쩍이며 울고 있는 코흘리개 유치원생을 노려보며 말했다.
 "나도 학교에 오기 싫었답니다. 하지만 엄마가 그러셨죠. 넌 꼭 가야 해. 네가 교장이잖니."
 루비 교장선생님은 하루에 한 번씩 농담을 한다. 대부분은 심하게 재미가 없었고 나머지는 끔찍했다. 하지만 나는 속으로 웃었다.
 조회를 마치고 6학년은 농구장으로 이동했다. 나는 농구장에 와본 적이 없다. 내 몸속에 운동신경이란 건 존재하지 않았다.
 농구공을 튕기며 사고뭉치 패거리들을 이끌고 있는 건 스티븐이었다. 늘 빨간색과 검정색이 섞인 재킷을 입고 있어 어디서든 쉽게 눈에 띄었다. 스티븐은 선생님들과 나 같은 아이들 사이에서 골칫덩이로 통했다.

때마침 스티븐이 골대를 향해 날린 슛이 하필 치암파 선생님 바로 앞에 떨어지고 말았다.

"스티븐 카니잘레스."

선생님이 날카로운 목소리로 외쳤다.

이미 손에서 공이 떠났기에 망정이지 안 그랬으면 혼쭐이 났을 거다.

그때 다짜가 선생님에게 다가갔다.

"선생님, 이건 제 거예요."

"쉬는 시간에 돌려주마, 대런."

"다짜라고 불러 주세요."*

치암파 선생님은 다짜를 빤히 쳐다보며 다시 한 번 말했다.

"자리에 앉아, 대런."

우아! 나도 다짜라고 부르긴 한다. 그렇다고 해서 내가 다짜랑 친구라는 뜻은 아니다.

학생들은 몇 명씩 무리지어 옹기종기 모여 있었고 토리는 여러 여학생들에게 둘러싸여 있었다. 이곳에 온 지 한 시간밖에 안 된 토리는 이미 뜨거운 여름날의 슬러시보다도 인기가 좋았다.

나는 마음속으로 간절히 행운을 빌며 맨디와 티나 옆에 쭈그리고 앉았다. 토리와 같은 반이 되고 싶었다.

앨몬트 선생님이 6학년 A반 학생들을 호명했다. 이름이 불린 학생들은 저마다 기뻐하거나 혹은 아쉬워했다. 어쩌면 올해엔 학교의 미술 전시회

*대런의 애칭.

를 맡고 있는 앨몬트 선생님 반에 들어갈 수 있을지도 몰라. 하지만 토리의 이름도 내 이름도 들리지 않았다.

학교에서 가장 인기가 좋은 브레이 선생님이 일어서자 모두가 환호성을 질렀다. 일본어를 할 줄 아는 브레이 선생님의 교실에는 일본 여행에서 가져온 굉장한 물건들이 가득했다. 혹시나 올해엔 선생님의 도움으로 나만의 만화를 그릴 수 있지 않을까. 브레이 선생님 반에 배정된 아이들은 도쿄 행 비행기 표에라도 당첨된 것처럼 기뻐하며 날뛰었다.

"토리 김."

자신의 이름이 불리자 토리는 줄 뒤쪽으로 가서 왁자지껄하게 모여 있는 아이들 틈에 섞였다. 나는 책가방을 꽉 움켜쥐고 앞뒤로 거칠게 흔들었다.

브레이 선생님의 눈길은 점차 명단의 끝자락으로 향하고 있었다.

"린다 트랜."

맨디가 땅이 꺼져라 한숨을 내쉬었다. 아마도 각 반마다 트랜이라는 성을 가진 아이는 딱 한 명씩만 뽑기로 했나 보다. 왕 씨 성을 가진 사람도 그랬다면 얼마나 좋을까. 그럼 토리와 같은 반에 들어갈 수 있었을 텐데.

"우리 반은 여기까지."

브레이 선생님이 학생들 쪽으로 몸을 돌리며 큰 소리로 외쳤다.

"좋아, 6학년 B반. 출발!"

아이들은 고래고래 소리를 지르며 선생님과 함께 운동장 트랙 쪽으로 사라져 갔다.

치암파 선생님이 머그잔을 집어 들었다.

"자, C그룹. 그러니까 6학년 C반은 이쪽으로."

"C그룹이라니? 우리는 뽑히지 못하고 남은 찌꺼기 같잖아."

"그러게. 진짜 그런가 봐."

나는 토리가 사라져 가는 모습을 바라보며 맨디의 의견에 전적으로 동의했다.

일이 이렇게 된 건 다 엄마 때문이다. 엄마가 지난주에 루비 교장선생님에게 또 전화를 한 게 틀림없다. 엄마는 수업이 없는 날에도 내가 도서관에 가면 안 되겠냐고 물어본 적이 있다.

하느님이 보우하사, 교장선생님의 대답은 "안 됩니다"였다.

엄마는 학교생활을 너무나 심각하게 여겼다. 마치 치열한 시합이라고 생각하는 것 같았다. 엄마가 중국에서 학교를 다니던 시절엔 한 반 학생들이 50명이 넘었고 정말 똑똑한 아이들만 뽑혀서 더 좋은 상급 학교로 진학했다고 한다. 지금의 영재반이나 특목고 같은 거겠지. 똑똑한 학생들 숫자도 어마어마하게 많았을 테고.

엄마는 분명 내가 치암파 선생님 반이 된 걸 무지 기뻐할 거다. 그린힐에서 가장 엄격한 선생님이니까. 치암파 선생님은 구석기시대부터 학교에 있었고 아직도 칠판을 사용했다. 가르친 학생 중에 선생님이 된 사람도 있었다.

우리 교실은 운동장 뒤쪽에 있는 낡아빠진 이동식 건물이었다. 걸음을 뗄 때마다 마룻바닥에선 삐걱거리는 소리가 났다.

"자리를 정해 주마. 일단 같이 앉을 짝을 찾도록 해."

맨디는 티나를 잡았고 스티븐은 다짜를 선택했다. 나는 사전을 손에 쥔 채 멍청히 서 있었다. 치암파 선생님은 당장이라도 잡아먹을 듯한 눈빛으로 스티븐을 쳐다보았다.

"너희 둘, 조금이라도 이상한 짓 하면 바로 떼어 놓을 거야."

"그럼요. 아무 짓도 안 해요. 맹세해요."

스티븐이 고개를 끄덕이며 대답했다.

"너희 다섯 명은 저쪽 책상에 앉아."

선생님 책상 바로 옆, 엄마가 참으로 좋아할 만한 자리였다. 스티븐이 비어 있는 내 옆자리에 떡하니 발을 올려놓았다.

"뭘 봐, 이 안경잡이야."

"코너한테 그러지 마라고 했다. 가만히 있는 애한테 왜 그러는 건데."

맨디의 목소리였다.

순간 스티븐이 팔을 뻗어 나를 휙 밀치는 시늉을 하는 바람에 그만 움찔하며 몸을 움츠리고 말았다. 스티븐은 낄낄거리며 웃었다.

"그래. 보아하니 가만히 있을 것 같네."

고개를 파묻고 사전을 읽어 내려갔다. 마치 〈드래곤 윙스〉 최신판이라도 되는 것처럼.

5

 언제나 학교가 끝나면 곧장 밴 선생님의 과외학원으로 간다. 오늘은 현관 입구에서 엄마의 은색 소형 자동차에서 막 내리고 있던 라이언과 우연히 마주쳤다. 라이언네 엄마 응우옌 선생님은 우리 엄마와 친구 사이이자 간호사 동료다. 그리고 엄마는 라이언의 열렬한 팬이다. 맨디가 제이슨 보보에 빠져 있는 것처럼 말이다. 라이언은 한 학년을 건너뛰고 영재반에 합격했다. 수학과 영어 전국시험에서 1등을 했고 작년 주州 철자법 대회에서도 2등을 했다.
 만약 우승을 했더라면 엄마는 아직까지도 내내 라이언 얘기를 했을 거다. 어쩌면 그 때문에 새 사전을 사 왔는지도 모른다. 천하의 라이언도 모르는 단어가 분명 있을 텐데.
 아니지, 라이언이 모르는 게 있다니. 결코 있을 수 없는 일이다.
 "이번 주까지 해야 할 프로젝트가 있어. 내가 맡은 건 토성이야."
 나를 보자마자 라이언이 한 말이었다. 아마 다음 주쯤에는 라이언의 영재반에서 로켓을 만들어 낼지도 모른다. 거기엔 대대적인 시험 전쟁에서 살아남은 뛰어난 인재들뿐이니까.

내가 영재반 테스트에서 떨어졌을 때 엄마가 받은 충격은 그야말로 엄청났다. 엄마는 내가 집안의 기대를 저버렸고 그건 축구에서 실수로 공을 놓쳐 팀에게 패배를 안긴 것과 마찬가지라고 했다.

난 정말로 다른 학교에 진학하고 싶지 않다. 그럼 맨디는 혼자 학교에 가야 한다. 원래 우리 둘은 학교가 끝나면 자주 어울려 다니곤 했다. 물론 내가 과외수업을 시작하기 전의 얘기다.

학생들이 앉을 자리는 과외학원의 보조 선생님이 늘 정해 주었다. 하지만 자리는 항상 바뀌었다. 선생님이 가지고 있는 격자무늬 표는 다섯줄로 되어 있었고 우리는 모의고사 성적순으로 지정된 자리에 앉아야 했다.

밴 선생님은 걸어 다니는 복사기였다. 끊임없이 우리들에게 교과서 연습문제와 모의고사 시험지를 쏟아 내며 이렇게 말했다. "모의고사가 너희를 완벽하게 하리라." 시험지를 채점할 때마다 1등부터 7등까지 맨 앞줄에 앉게 했고 그다음 등수는 두 번째 줄, 이런 식이었다. 교실 안은 꼭 뱀과 사다리 게임*을 하는 것 같았다.

우리는 그랑프리 중에서도 과연 누가 더 똑똑한가 겨루는 중이고, 모든 경주는 똑같이 네 과목으로 치러졌다. 나의 독해와 일반상식 점수는 꽤 괜찮은 편이었고 수학은 몇몇 까다로운 고비가 있긴 했지만 아직까지는

---

*보드 게임의 일종. 뱀과 사다리가 그려진 격자무늬 판 안에서 주사위를 굴려 나온 수만큼 전진하여 칸의 끝까지 가는 게임.

그럭저럭 해오고 있다. 작문은 여전히 오리무중이다. 학원에서는 아직까지 작문 시험 준비를 거의 하지 않았다.

어쩌면 가장 어려운 걸 제일 마지막까지 남겨 둔 건지도 모르겠다.

아이들은 누가 맨 앞줄에 앉는지 확인하느라 바빴지만 난 더 이상 그런 데엔 관심이 없었다. 언제나 그랑프리의 선두는 라이언이었다.

나는 지금 두 번째 줄에 있다. 26명 중에 12등이다. 지난주까지는 27명이었는데 수업을 도저히 따라오지 못한 학생 한 명이 그만두는 바람에 내 등수도 올라갔다. 나는 아마 살인 독감이 교실을 휩쓸기라도 해야 1등이 될 수 있을 거다.

밴 선생님이 교실 안을 이리저리 걸어 다니고 있었다.

"전국에서 6,000명이 넘는 학생들이 특목고에 가려고 준비 중이다."

선생님은 허공에 떠 있는 코를 후비기라도 하듯 손가락을 꼼질거리면서 말했다.

"너희들은 상위권에 들어야만 한다."

그러고는 라이언이 앉아 있는 책상 쪽을 보며 고개를 끄덕였다.

과연 그게 가능할까. 우리가 전부 라이언의 책상에 찡겨 들어갈 순 없는데.

수업 시간 내내 어려운 이해력 문제와 씨름하고 난 뒤 쏜살같이 집으로 달려가 컴퓨터를 켰다. 나는 〈드래곤 윙스〉 만화 몇 권을 온라인에서 읽는다. 용을 타고 빌딩 숲 사이를 날아다니, 이 얼마나 끝내주는 일인가?

엄마가 등록해 놓은 메가 브레인이나 베스트 테스트 같은 인터넷 강의도 들어야만 했다. 강의에는 마치 플래시 게임인 양 이것저것 효과를 넣었지만 정작 재미는 들어 있지 않았다. 답안지의 빈칸을 채우는 대신 마우스를 클릭해야 하는 점이 다를 뿐, 지겹기는 매한가지였다.

엄마의 열쇠 꾸러미가 현관 앞에서 짤랑거리는 소리를 내자 나는 황급히 만화책 화면을 내리고 베스트 테스트 인터넷 강의 창을 띄웠다.

작은 체구의 엄마가 입은 간호사 유니폼은 꼭 아이들 옷처럼 보였다. 엄마는 장 본 것들을 식탁 위에 아무렇게나 던져 놓으며 물었다.

"아직 숙제 없니?"

나는 엄마를 향해 의자를 빙그르 돌렸다.

"오늘은 개학 첫날이었다고!"

엄마는 깜빡이는 모니터를 바라보며 다시 물었다.

"올해 담임선생님은 누구시니?"

"치암파 선생님, 6학년 C반."

"C반이라고? 왜? A반이 아니고?"

"반을 나누는 건 성적순이 아니야."

하지만 나도 B반으로 업그레이드되고 싶었다. 그래서 토리 옆에 앉고 싶었다.

컴퓨터를 끄고 엄마의 쇼핑백을 살펴보았다. 과자 부스러기 같은 건 전혀 없었다. 그나마 먹을 만한 거라곤 베이비 콘 통조림뿐이었고 나머지는 전부 신선한 과일과 야채였다.

"오늘은 보름이잖니. 아빠한테 음식 좀 올려야지."

엄마는 향을 몇 개 집어 불을 붙이고 아빠의 제단에 머리를 숙인 채 낮은 목소리의 중국어로 무언가 말했다. 난 알아들을 수가 없었다. 엄마는 내가 모국어로 영어를 쓰길 원했다.

엄마가 내게도 향을 세 개 집어 주었다. 촛불로 향에 불을 붙이며 아빠에게 무슨 이야기를 해야 하나 머리를 쥐어짜기 시작했다.

아빠는 배드민턴 챔피언이었다. 국가대표 선수로 올림픽에 참가한 적도 있었다. 엄마는 정말로 기분이 좋을 때면 아빠가 중국에서 받은 트로피 이야기를 들려주곤 했다. 하지만 딱 거기까지였다. 누군가 취소 버튼이라도 누른 것처럼 이야기가 뚝 끊기고 나면, 엄마는 아주 오랫동안 아빠와 관련된 어떤 이야기도 꺼내지 않았다. 나는 아빠에 대해 궁금한 것들이 셀 수 없을 만큼 많았지만 더 이상 꼬치꼬치 캐물을 수가 없었다. 왠지 엄마의 아픈 곳을 건드리는 기분이 들었기 때문이다.

"공부 잘하게 해달라고 말씀드려. 특목고에 합격하게 해달라고 기도드리렴."

엄마가 속삭였다.

"알겠어."

나는 샌드위치처럼 손바닥 사이에 향을 끼우고 무릎을 꿇은 다음 눈을 감았다. 일단 아빠가 천국에서도 배드민턴을 치고 있는지, 매번 이기는지 묻는 걸로 운을 뗐다. 그리고 내가 영어로 기도를 해도 아빠가 들을 수 있는지, 드래곤과 기사들 그림을 그리는 걸 어떻게 생각하는지도 물어보았다. 눈을 뜨고 모래가 담긴 작은 항아리 안에 향을 꽂아 넣으며 마지막으로 내 그림 실력이 더 좋아지게 해달라고 기도했다.

이건 오로지 아빠만 아는 비밀이었다.

6

6학년 C반에서 가장 똑똑한 학생이 되기까지는 딱 일주일이 걸렸다.

나는 과제물을 제일 먼저 시작해서 제일 일찍 끝내는 학생이었고 선생님의 질문마다 빠짐없이 손을 들었다.

스티븐과 다짜는 맨디를 따라서 날 코너드라고 부르기 시작했다. 하지만 걔들은 이해하지 못한다. 특목고에 가기 위해 치르는 입학시험은 극히 일부분일 뿐이다. 아니다. 굉장히 큰 일부분이라고 하는 게 맞겠다. 특목고에 진학하려면 학업 성적, 특히 수학과 국어 전국시험 성적이 매우 중요했다. 엄마가 정말 자랑스럽게 생각하는 것 중에 하나가 바로 이 부분이었다. 비록 라이언만큼은 아니었지만 나는 모든 과목에서 최상위권이었고 그린 힐에서는 가장 뛰어난 학생이었다.

생활기록부 역시 중요한데, 이것도 아무 문제가 없었다. 선생님들은 나를 위해 하나같이 똑같은 멘트를 두고 복사하기와 붙여 넣기 신공을 발휘했다.

"코너는 집중력이 뛰어난 학생으로 모든 과목에서 우수하며……."

집중력이 뛰어나다는 말은 내가 슈퍼 울트라 찌질이인 데다가 다른 말로 하면 친구가 전혀 없다는 뜻이기도 했다. 하지만 내가 과제를 빨리 끝내면 선생님들은 자유 시간을 주기도 한다. 작년의 페르마니스 선생님한테는 '도전 두뇌 트레이닝'이라는 두꺼운 폴더가 있었는데, 그 안에는 머리를 써야 하는 어려운 퍼즐과 연습문제가 잔뜩 들어 있었다. 내가 모든 문제를 한 달 만에 끝내 버리자 선생님은 아주 흡족해하며 남는 시간에 책을 읽고 그림을 그려도 좋다고 허락해 주었다. 이 달콤한 보상에 대해 엄마가 꼭 알아야 할 필요는 없었다. 하지만 만약의 사태에 대비하기 위해 나는 성적표를 집으로 가져갈 때마다 혹시나 이런 내용이 포함되어 있지는 않은지 꼬박꼬박 확인했다.

장담하건대 모든 선생님이 스티븐의 성적표에는 이렇게 쓸 것이다.

"스티븐은 좀 더 수업에 집중할 필요가 있습니다."

스티븐은 모든 선생님에게 손톱 밑에 박힌 가시보다 훨씬 성가신 존재이기도 했다. 수시로 지각이나 무단결석을 할 뿐 아니라 준비물은 고사하고 학교에 올 때 자신의 힙색과 에스보드 말고는 아무것도 가져오지 않았다. 스티븐이 교실에서 보드를 타고 다니다 책장으로 돌진한 다음부터 치암파 선생님은 스티븐이 등교하면 무조건 보드를 압수해서 교무실에 두었다.

치암파 선생님이 칠판 가득 철자법 문제를 적는 동안 스티븐은 자신의 빨간색 붙임머리를 만지작거리며 다짜와 함께 머리 모양에 대해 속닥거렸다.

"이거 어제 새시 라인에서 한 거야. 로셸 솜씨는 정말 죽여줘."

"야, 좀 정신없어 보이는데."

저런 머리를 하고 집에 가면 엄마가 날 죽일 텐데. 다짜의 부스스한 금발은 1년은 족히 빗지 않은 것 같아 보였다. 아마도 '방금 침대에서 일어난 스타일'이 최신 유행인가 보다. 어느새 치암파 선생님이 스티븐에게 손가락을 까딱이고 있었다.

"마지막 경고야, 스티븐. 계속 떠들면 네 자리를······."

드디어! 내게도 짝꿍이 생기겠군.

"코너 옆으로 옮길 거야."

"네?"

우리는 서로를 보며 썩소를 날렸다.

선생님의 말에 스티븐은 오락실 에어 하키 게임을 하는 사람처럼 책상 위 자기 물건들을 순식간에 싹 정리했다. 마지막 철자 문제를 끝내고 제출하러 나가려는데 스티븐이 내 앞으로 다리를 쭉 뻗으며 발을 걸었다.

"오예, 여기 선생님의 귀염둥이 납셨네."

'넌 선생님의 골칫덩이지.' 나는 스티븐의 다리를 가볍게 뛰어넘으며 속으로만 말했다. 스티븐이 복싱 글러브처럼 눈알을 부라리기에 나도 모르게 이 말을 입 밖으로 내뱉은 줄 알았다.

치암파 선생님은 내가 내민 노트에 수십 개의 정답 동그라미를 쳤다.

"다음 페이지로 넘어가도 된다."

"그림 그려도 되나요?"

"물론이지."

야호, 다음 페이지는 나의 만화로 가득하겠군.

자리로 돌아가자 스티븐이 내 지우개로 자기 책상을 박박 밀고 있었다.

"잠깐 시험 삼아 써봤어."

그러더니 잔뜩 쌓인 지우개 찌꺼기를 후 불어 내 의자로 날려 버렸다.

"네 필통에 있는 이 숫자 88은 뭐냐? 너희 집 주소냐?"

"행운의 숫자야. 중국에서는 8이 부와 행운을 뜻해."

나는 물건들을 주워 담아 의자 아래쪽으로 숨겼다.

"그래? 그럼 너 이제 부자 되는 거냐?"

"아니…… 그게……."

"뭐야, 그럼 별거 아니네. 행운은 없던 걸로."

스티븐은 내 철자 노트를 휙 낚아채더니 답을 베껴 쓰기 시작했다.

몸을 쭉 빼고 씩씩거리며 스티븐에게 주먹 날리려는 맨디에게 나는 손을 내저었다.

"괜찮아. 신경 쓰지 마."

스케치북을 꺼내 스티븐을 그리기 시작했다. 오동통한 몸과 뭉툭한 팔다리를 시작으로 우스꽝스러운 머리에는 헤어스프레이와 성냥으로 불꽃을 그려 넣었다. 돼지코에는 커다란 뾰루지를 첨가했고 입에서는 하수구에서 짜낸 슬러시가 줄줄 흘러내리고 있었다. 그리고…….

"야, 너 뭐 해?"

"상관 마. 네 할 일이나 하시지."

얼른 팔꿈치로 스케치북을 가렸지만 스티븐은 내 팔을 홱 밀쳐 버렸다.

"어, 이건 난데."

"아냐, 너 아니야."

"이거 내 코 맞잖아."

"네 뽀루지가 이렇게 크진 않아."

스티븐이 책상을 쿵 하고 내리쳤다.

"다짜, 이것 좀 봐. 이거 나 맞지?"

다짜는 고개를 갸우뚱거렸다.

"글쎄다. 머리가 너처럼 삐죽거리긴 하네."

먹잇감을 덮치려는 늑대처럼 스티븐이 으르렁댔다.

"내가 그리는 캐릭터들은 다 이런 스타일이라고. 이거 봐, 맞지?"

얼른 스케치북을 들추면서 그나마 좀 보여 줄 만한 페이지를 찾는 중에 길게 늘어뜨린 머리를 하고 있는 여자아이 그림이 나왔다.

"이건 누구야? 네가 사랑하는 일본 여자애냐?"

"토리는 한국 애야."

스티븐이 낄낄대며 웃었다.

"오호라, 그러니깐 앨 사랑하긴 한다는 거네."

맨디가 우리를 힐끗거리다가 끼어들었다.

"누가 사랑에 빠졌는데?"

"사랑에 빠진 게 아니라……."

"아니면 얼굴은 왜 빨개지는데?"

"그게 아니라…… 아휴!"

뺨이 난로처럼 달아올랐다. 나는 의자에 앉아 좌우로 몸을 흔들었다.

"그럼 밸런타인데이에 선물을 해봐. 장미꽃 한 다발이라든가."

스티븐의 말에 다짜가 웃으며 끼어들었다.

"우리 아빠는 엄마한테 딱 한 송이만 주던데."

그러자 이번에는 맨디가 가슴팍에 손을 모으며 이상한 소리를 냈다.

"우아아아, 진짜 로맨틱하다."

"로맨틱한 게 아니라 한 송이가 훨씬 싸니까 그런 거야."

"코너한테 그런 배짱이 있겠냐."

스티븐이 내 철자 노트를 돌려주며 능글맞게 히죽거렸다.

"만약 한다면 내가 슬러시 쏠게."

"누가 학교에서 꽃 같은 걸 준다고 그래. 선생님한테 드리는 거면 몰라도."

내 말에 스티븐이 다짜의 눈금자를 집어 들고 뱅글뱅글 돌리며 대답했다.

"난 여자 친구 엘레나한테 장미를 선물할 거야. 작년에 엘레나가 학생 회장이 되기 전에 내가 먼저 데이트하자고 했거든."

나는 철자 노트를 펴서 속표지에 기사를 그리기 시작했다. 험난한 전투를 앞두고 있는 기사가 드래곤을 향해 무언가를 찔러 넣는다. 길고도 날카로운 장미 한 송이를…….

아아악! 저 녀석이 쓸데없이 지껄인 소리에 내 머리가 어떻게 됐나 보다.

그때 내 그림을 본 스티븐이 씩 웃더니 중얼거렸다.

"이야, 좀 하는데."

으레 그다음엔 잔인한 농담이 이어지기 마련이었다. 하지만 웬일인지 스티븐은 조용했다.

7

점심시간이라 도서관을 어슬렁거리는 중이다. 도서관에서 시간을 때우며 할 만한 일은 생각보다 꽤 많다. (꼭 에어컨이 빵빵하게 나오기 때문만은 아니다.)

1. 컴퓨터로 어마어마한 게임들을 할 수 있다.
2. 손에 물집이 잡힐 때까지 그림을 그릴 수 있다.
  (이미 두 번이나 그런 적 있음.)
3. 빈백 의자에 드러누워 만화책을 읽을 수 있다.
4. 책을 대출할 수 있다.

인정한다. 마지막 4번은 내가 생각해도 찌질했다. 우리 학교 도서관 사서인 팸 선생님은 한 해 동안 가장 많은 책을 읽은 학생에게 '최다 대출왕' 상을 준다. 나는 4년 연속 이 상을 탔다. 집에 있는 책장 위에 붙어 있다. 팸 선생님은 책이 잔뜩 쌓여 있는 수레를 끌고 다니며 책장의 정해진 자리에 학생들이 반납한 도서들을 꽂고 있었다.
"벌써 그 책을 다 읽었어? 혹시 속독이라도 배우는 거니?"
"제가 빨리 가져와서 기쁘시겠어요, 선생님."
책을 반납함에 집어넣으며 대답했다. 다른 아이들은 기껏해야 일주일에 한 번이지만 나는 사흘이 멀다 하고 책을 대출했다. 하지만 빌려 간 책을 전부 다 읽는 건 아니었다. 책 표지에 드래곤이나 기사 그림이 있는 것들만 읽었다. 가끔은 엄마의 행복을 위해 의사나 사람 몸에 관한 책도 집에 가져가곤 했다.
"이제 더 이상 너한테 추천해 줄 만한 책도 없을 것 같구나."
지름길을 택한 팸 선생님이 책장 두 개 사이로 간신히 비집고 나오며 말했다. 나는 논픽션 섹션으로 가서 두꺼운 책 한 권을 집어 들었다.
"이거 대출하려고요.『그림 그리기의 모든 것』요."
"벌써 다섯 번이나 대출했잖니!"
"그건 선생님이 모르셔서 그래요. 그리기의 모든 것을 알려면 아마 수십 년은 걸릴걸요."
게다가 학교에서만 볼 수 있는 책이었다. 이 두꺼운 책을 엄마 몰래 집으로 가져가느니 차라리 내 방에 코끼리를 숨기는 편이 더 쉬울 테니까.
저쪽에서 토리와 엘레나가 도서관 안으로 들어오는 게 보였다. 내가 손을 흔들자 토리만 반응했다.
"안녕, 코너."
앗싸! 토리가 내 이름을 알고 있어! 안경이 코로 미끄러져 내려왔다.

"너희들 여기서 뭐 해?"

"엘레나가 나한테 「핫 스팟」에 들어오라고 해서."

"잘됐네."

맞다. 잊고 있었다. 엘레나는 학교 잡지의 편집장이었지. 엘레나가 스티븐과 사귄다는 사실은 도무지 믿을 수가 없었다. 스티븐은 「핫 스팟」은 고사하고 교과서도 읽지 않는다. 내 사전을 가져가서 야한 단어만 찾아보는 녀석인데.

토리에게 내 그림들 중에서 몇 개만 골라 보여 주었다.

"와, 이거 진짜 잘 그렸다. 환상적이야."

처음부터 다 보여 줄걸 그랬나.

"나는 초상화 그리는 걸 정말 좋아해."

그때 엘레나가 컴퓨터 앞쪽에 털썩 앉으며 끼어들었다.

"오케이, 여기까지만 하지 그래. 난 누구처럼 점심시간 내내 도서관에 처박혀 있을 생각 없거든."

엘레나의 차가운 눈초리에 나는 한 발짝 뒤로 물러섰다.

"그럼 나중에 또 보자."

토리가 엘레나를 뒤따라가며 말했다.

책상에 앉아 어떻게 하면 무기들을 더 잘 그릴 수 있을까 연구했다. 내가 그린 칼과 도끼는 꼭 깃털로 만든 먼지떨이처럼 보였다. 기사단에게 필요한 건 드래곤을 간지럽히다 끝나는 게 아니라 한 방에 무찌를 수 있을 만큼 강력한 무기였다. 기사단을 주인공으로 한 내 만화책을 펴내는 상상을 해보았다. 언제나 상상의 나래 속에서는 뭐든 그럴듯했다. 도서관에서 과외학원 숙제를 끝내고 나면 그림 그릴 시간은 얼마든지 있었다.

바로 옆방에 있는 토리가 한국에 있는 것처럼 멀게만 느껴졌다. 하지만 내 이름을 기억해 주었으니 어쩌면 내 장미꽃을 받아 줄지도 모르겠다.

그리고 스티븐의 코를 납작하게 해줄 테다. 단 몇 초만이라도.

오후 수업에서는 열대우림에 관한 지루한 질문들이 이어졌다. 스티븐은 전혀 도움이 되질 않았다. 연필과 볼펜은 한번 스티븐 손에 넘어가면 다시는 내게 돌아오지 않았다. 마치 블랙홀처럼.

"연필 좀 빌려줄래?"

이렇게 말하면서 벌써 내 필통을 쑤시는 중이었다.

"그래."

적어도 물어보기는 하네. 스티븐은 아무것도 하지 않는 데 선수였다. 교과서에는 본인이 쓴 것보다 치암파 선생님의 글씨가 더 많았다. 스티븐이 뭉툭한 연필과 연필깎이를 집어 들고 쓰레기통 옆으로 걸어갔다. 연필을 어찌나 뾰족하게 깎았는지 교실 끝에서 던지면 풍선도 터뜨릴 수 있을 것 같았다. 그사이 나는 두 문제나 더 풀었다.

"어서 자리로 돌아가, 스티븐."

치암파 선생님 목소리였다.

"네, 가요."

그리고 이번에는 내 붉은색 펜을 가져가더니 줄을 긋기 시작했다.

"이봐, 코너드. 엘레나가 그러는데 너 아까 찌질이 본부에서 토리랑 얘기했다며."

"그래서?"

"엘레나 말로는 같은 반에 토리를 좋아하는 애가 있대."

"누군데?"

볼펜이 쭉 미끄러졌다.

"마이클. 찌질이가 먼저 움직이지 않으면 토리는 마이클의 여친이 되겠지."

스티븐은 내 팔을 쿡쿡 찔러 댔다.

"나 토리한테 장미꽃 줄 거야."

"그래, 바로 그거야."

"두고 봐."

샤프심을 똑똑 부러뜨리며 스티븐이 마지막으로 한마디했다.

"잘해 봐."

그 샤프 역시 내 거다.

나머지 단락을 끝마칠 때까지 머릿속은 오로지 토리로 꽉 차 있었다. 우리 학년에서 제일 예쁜 여학생과 사귀게 된다면 더 이상 그 누구도 나를 코너드라 부르진 않겠지.

아, 맨디만 빼고.

8

 다시 밴 선생님의 과외수업 시간이다. 나는 이번에 11번째 자리로 옮겼다. 밴 선생님은 시험지 뭉치에 팔꿈치를 기댄 채 학생들을 향해 말했다.
 "더 이상 연습은 없다. 시험은 앞으로 한 달 남았어. 오늘부터는 실제 시험이랑 똑같은 상황에서 문제를 풀 거다."
 산소가 전부 빠져나가기라도 한 것처럼 교실 전체가 숨이 턱 막혔다.
 밴 선생님은 이리저리 왔다 갔다 하며 시험지를 나눠 주었다.
 "오늘은 일반상식부터."
 몇몇 아이들이 투덜거리자 선생님은 그쪽으로 고개를 돌렸다.
 "너희들은 전부 이 과목 점수를 올려야 해."
 나는 일반상식 과목을 '일상'이라고 부른다. 그나마 시험 과목 중에서 손톱만큼은 흥미가 있는 과목인데 어찌 보면 헷갈리는 퍼즐을 푸는 것 같기도 하다. 이를테면,

다음 중 '공부벌레'라는 단어와 가장 가까운 뜻을 가진 것은

A) 괴짜　　B) 겁쟁이　　C) 깡패　　D) 바보

정답은 아마도 A겠지만, B가 답일 수도 있다.

만약 특목고에서 정말로 학생들의 일반상식을 테스트하고 싶다면 다음과 같은 질문을 하는 편이 훨씬 나을 거다.

앞으로 1분이면 매점이 문을 닫는데, 나는 지금 줄 맨 끝에 서 있다. 제시간에 슬러시를 사려면 어떻게 해야 할까?

A) 선생님 심부름인 척한다.
B) 유치원생 줄에 서 있는 아이를 한 명 골라 내 동생인 척한다.
C) 맨 앞에 있는 사람에게 대신 좀 사달라고 한다.
D) "뒤쪽 교실에서 싸움 났어!"라고 소리를 질러 모두가 구경 가도록 한다.

시험지를 나눠 주며 밴 선생님이 말했다.

"아직 시험지 보면 안 돼. 규정을 어기면 전부 0점 처리야."

아, 또 스트레스. 밴 선생님이 예전에 베트남에서 아이들을 가르쳤다는 사실이 도무지 믿기질 않았다. 선생님이라기보다는 육군 장교 쪽에 훨씬 더 가까운데. 뒷짐을 진 채 앞을 향해 똑바로 서 있는 밴 선생님의 모습은 꼭 등 뒤로 수갑을 찬 것 같았다.

"좋아. 이제…… 시작."

선생님이 시계를 흘깃 보면서 시험 시작을 알렸다.

교실 안에는 시험지가 바스락거리는 소리와 연필이 사각대는 소리뿐이었다. 분명 라이언은 벌써 다음 페이지로 넘어갔을 거다. 밴 선생님이 가장 빨리 푸는 사람한테 상이라도 주나? 귓가에 맴도는 적막이 날 미치게 했다. 맨디가 자신의 머릿속에선 항상 어떤 음악이 재생된다고 말한 적이 있는데 지금 내가 딱 그랬다. 머릿속 음악에 맞춰 연필로 책상을 톡톡 두들겼다.

"쉿, 조용히!"

밴 선생님이 치아 사이 틈으로 쉿, 하는 소리를 냈다.

나는 한 페이지를 끝낼 때마다 귀퉁이에 작은 그림을 그려 넣었다. 내가 풀었던 시험지들은 전부 플립 북이 된다. 페이지를 빨리 넘기면 나의 그림에 생명을 불어넣을 수 있다. 채점하는 사람들은 답안지만 걷어 가기 때문에 그다지 위험한 짓은 아니다. 오늘의 만화는 입에 장미꽃을 물고 있는 드래곤이다. 내가 막 레이디 드래곤에게 장미를 넘겨주는 장면을 그리려는 찰나, 밴 선생님이 꽃을 가로채고 말았다.

"지금 뭐 하는 거니?"

"어, 그러니까, 그게…… 뭘 좀 하고 있었어요."

더듬거리며 대답했다.

선생님은 시험지 귀퉁이를 가리고 있던 내 엄지손가락을 홱 잡아당겨 치웠다.

"왜 미키마우스를 그리고 있는 거지?"

미키마우스라니? 선생님이 요즘 안과 정기 검진을 빼먹었나 보다. 시험지를 내려놓으며 선생님은 나를 향해 예의 그 손가락을 까딱거렸다.

"실제 시험장에서 이러면 불합격 처리돼."

"저도 그쯤은 알아요. 지금은 연습이잖아요."

"형편없는 고등학교에 가고 싶은 거냐?"

목소리가 어찌나 냉랭한지 감옥의 교도관이 말하는 것 같았다. 내 옆에 있던 아이들은 바짝 긴장해서 군인처럼 허리를 쭉 폈다. 문득 이런 생각이 들었다. 아무리 형편없는 학교에 가더라도 최소한 중국 고등학생보다는 낫지 않을까. 중국에선 7학년이 아니라 10학년부터 고등학생이라고 한다. 게다가 학비도 내야 했다. 점수가 뛰어난 학생이라면 학비가 거의 들지 않는다고 엄마한테 들은 적이 있다. 하지만 당시 엄마의 성적은 그만큼 좋지도 않았고 게다가 학비까지 낼 형편은 더더욱 안 됐다고 했다.

문득 교실을 둘러보았다. 한 척의 커다란 배가 서서히 물속으로 가라앉고 있는 광경이 펼쳐졌다. 구조선에 탈 수 있는 사람은 가장 똑똑한 학생 단 한 명뿐이었다. 물론 이건 엄마 생각이다.

그때 밴 선생님이 바로 내 코앞에서 손뼉을 딱 쳤다. 하마터면 코가 눌릴 뻔했다.

"부정행위 금지. 그림도 금지."

그리고 나를 휙 돌아보며 한마디 덧붙였다.

"시험지에 한 번만 더 그림을 그리면 어머니한테 연락할 거야."

무너지듯 의자 깊숙이 몸을 파묻었다. 이건 과외가 아니다. 고문이다.

퇴근하고 돌아온 엄마 손엔 학교 숙제용 노트가 잔뜩 들려 있었다. 12

학년을 졸업할 때까지도 다 쓰지 못할 만큼 많은 양이었다. 나는 수학과 독해 프린트를 숙제 파일에 정리하면서 엄마에게 보여 주었다.

"엄마, 이거 봐. 전부 다 했어."

"어라? 일주일치 숙제가 겨우 이것뿐이라고?"

"단어 철자법이랑 문장 쓰기 배우는 중이야."

난 이미 월요일에 도서관에서 모든 숙제를 집중 공략해 두었다.

"선생님이랑 얘기 좀 해봐야겠다."

엄마는 힘없이 거실에 주저앉아 이마를 마사지하기 시작했다.

"중국이라면 하루에 두 시간씩 숙제를 할 텐데."

"나도 할 게 얼마나 많은데. 엄마가 사다 준 새 교과서에다 과외수업까지."

"그러니까 애초에 영재반에 갔으면 이럴 일이 없잖아. 도대체 왜 떨어진 거니?"

바닥에 깔린 카펫이 마치 늪처럼 나를 끌어당기기 시작했다.

"제발, 엄마. 나도 최선을 다했다고."

"최선을 다하는 걸로는 가문의 영광이라고 할 수 없지."

나는 하릴없이 커피 테이블 위에 손가락으로 끼적거렸다. 가문의 영광이란 엄마에게 몹시 중요했다. 왕 씨 가문의 이름을 드높이는 거였으니까. 부자가 되거나 정말 훌륭한 직업을 갖게 되면 마치 클립이 자석에 들러붙듯 명예가 따라오는 법이었다. 그래서 내가 상장을 받거나 성적표를 가져올 때, 혹은 높은 점수를 받을 때마다 우리 집엔 따스한 봄바람이 불었다. 하지만 영재반 테스트에서 떨어지는 순간 모든 것이 사라졌다.

밴 선생님의 과외학원에서 이미 수천 번 영재반 모의시험을 봤지만 정작 시험 당일, 내 머릿속은 새하얘졌다. USB 메모리를 자석 옆에 두는 바람에 그 안에 있던 파일이 전부 날아간 것처럼. 그럭저럭 시험을 치르긴 했지만 역시나 영재반은 어림도 없었다.

엄마는 미소를 지으며 벽에 붙어 있는 친척들 사진을 바라보았다.

"네가 특목고 시험을 볼 때는 이분들이 응원해 주실 거야. 부디 실망시키지 말고 잘하렴."

빼빼 마른 엄마의 팔에 기대자 엄마 몸이 거의 쓰러질 것만 같았다.

"걱정 마. 잘할 수 있어!"

나는 무사히 특목고에 착륙해서 엄마와 아빠를 비롯한 왕 씨 집안의 모든 사람들에게 명예로 보답할 것이다. 그러면 과외수업과도 영영 작별할 수 있겠지. 모두가 윈윈.

9

밸런타인데이 전날, 토리에게 줄 장미를 사기 위해 모든 준비를 마치고 과외학원을 나섰다. 이미 화병 대신 빈 물병을 준비해 내 방 창틀에 놔두고 왔다. 만약을 대비한 플랜 B였다. 과외학원이자 밴 선생님 집 옆에는 상가들이 있었고 진입로에서는 타임존 게임 아케이드가 바로 보였다. 이건 너무 잔인하다. 헬스클럽 바로 앞에 맥도널드가 있는 거나 마찬가지 아닌가.

나는 곧장 꽃가게로 향했다. 그리고 장미로 뒤덮인 벽 앞에 서 있는 점원에게 10달러를 내밀었다.

"장미 한 송이요."

그러자 점원이 손바닥을 펴 보이며 말했다.

"한 송이에 25달러야."

10달러는 허둥지둥 주머니로 다시 돌아갔다.

"꽤 비싸네요."

"응. 꽤 예쁜 장미니까."
다짜네 아빠가 장미를 딱 한 송이만 사는 이유를 알 것 같다.
"그럼 다시 올게요."
"빨리 오는 게 좋을 거야. 내일 아침이면 다 팔리고 없을 테니까."
망했다. 내일은 정말로 일찍 일어나야겠다.

가로등이 환하게 밝힌 거리를 빠른 속도로 달리기 시작했다. 엄마보다 먼저 집에 도착해야 한다. 정신없이 뛰어가다 어느 집 정원을 지나치는 순간, 나는 숨을 헐떡이며 그 자리에 멈춰 섰다. 온갖 종류의 분홍색과 빨간색 장미가 정원 가득 피어 있었다. 바람에 이리저리 흔들리는 꽃송이들이 저마다 토리의 이름을 부르는 것 같았다.

"걱정 마. 내가 꺼내 줄게. 그럼 25달러도 아낄 수 있겠어."
작은 목소리로 혼자 중얼거렸다.

밸런타인데이 아침, 발로 까딱까딱 박자를 맞추며 우리 집 현관 앞에 서 있던 맨디가 나를 보자마자 물었다.
"장미는 어디 있어?"
"네 꿈속에."
"웩!"
맨디의 양 볼이 피카츄처럼 불그스름했다.
"장난하지 말고. 장미 어디다 숨겼어?"
"이제 가지러 갈 거야. 이따 학교에서 봐!"
나는 맨디의 대답을 듣기도 전에 서둘러 내뺐다. 장미로 가득한 그 집까지 쉬지 않고 계속 달려갔다. 진입로에는 아무도 없었고 블라인드도 내려져 있었다. 까치 몇 마리만이 나를 지켜보는 중이었다. 까치도 생각이 있다면 입을 굳게 다물어 줄 거다. 울타리를 훌쩍 뛰어넘었는데 미리 던져 놓은 책가방 위로 쿵, 엉덩방아를 찧고 말았다. 가방 안에서 가위를 꺼내 수많은 장미들 중에서 막 피어난 붉은 봉오리를 찾아냈다. 그런데 이런, 빌어먹을! 가위가 도무지 들질 않았다. 내가 가져온 가위는 장미 줄기에 작은 홈집조차 내지 못했다. 엄마는 왜 하필이면 이런 가위를 사다 둔 걸까? 운동화도 갈기갈기 찢어 버릴 만큼 강력한 가위도 많을 텐데. 꽃봉오리가 달랑거릴 때까지 계속해서 가위질을 해서 마침내 줄기에서 한 송이를 떼어 내는 데 성공했다. 그런데 갑자기 어디선가 자동차 경적이 울렸다. 나는 잔디를 뜯어 먹는 듯한 포즈로 바닥에 납작 엎드렸다가 허둥지둥 장미를 가방 안에 쑤셔 넣고 범죄 현장에서 도망쳤다.

교문 앞에 도착하자 스티븐과 다짜가 학교 경비대마냥 진을 치고 있었다. 나를 보더니 다짜는 고개를 푹 숙였고 스티븐은 자신의 가슴팍을 팡팡 두들겼다.

"거봐, 네가 꽁무니 뺄 줄 알았어."

"아, 그러셨어? 이거나 좀 보시지."

가방 안에서 꺼내 든 장미는 믹서기에 들어갔다 나온 것처럼 쪼글쪼글 만신창이가 된 처참한 모습이었다.

"꽃집에서 포장 안 해줬어?"

다짜가 바닥에 떨어진 꽃잎을 주우며 물었다.

"손가락은 또 왜 그래?"

스티븐의 말에 그제야 손가락이 눈에 들어왔다. 빌어먹을 장미 가시에 찔려 여기저기 피가 나고 그야말로 상처투성이였다. 장미를 쓰레기통에 던져 버리고 양호실로 향했다. 반창고 몇 개면 될 테지. 하지만 내 심장에는 거대한 특대 사이즈 반창고가 필요했다.

10

 손가락에 반창고를 반지처럼 두르고 6학년 C반으로 돌아갔다. 글씨를 쓸 때마다 쿡쿡 쑤시는 통증이 느껴졌다. 이 통증은 얼마 전에 꾸었던 악몽을 떠오르게 했다. 나는 우리 집 거실에서 특목고 입학시험을 치르는 중이었다. 남은 시간은 앞으로 2분이었고 풀어야 할 문제는 산더미처럼 쌓여 있었다. 게다가 연필심이 뭉툭해졌는데 연필깎이가 없었다. 부러뜨린 연필의 앞부분으로 정답에 동그라미를 치고 있었는데 갑자기 친척들의 사진이 살아 움직이기 시작했다. 액자의 갈라진 유리 틈으로 빠져나온 삼촌, 이모, 사촌들이 이쪽으로 날아오며 하나같이 나를 향해 손가락질을 했다. 심지어 아빠마저. 아빠 얼굴은 너무 희미해서 누군가가 지우개로 지워 놓은 것 같았다.
 "토리한테 비닐로 만든 장미를 주지 그랬어. 우리 아빠가 쓰는 방법인데."
 다짜의 말에 맨디가 스티븐을 쨰려보며 물었다.

"그나저나 네 잘난 장미는 어디 있는데? 그 조그만 가방 안에 있어?"
스티븐은 의자에 앉은 채 앞뒤로 몸을 흔들며 대답했다.
"생각을 바꿨어. 우린 오늘 수업 끝나고 영화 보러 갈 거야."
나도 저런 방법을 생각해 냈더라면 얼마나 좋았을까. 마지막으로 커다란 스크린 앞에서 영화를 본 게 언제였는지 기억조차 나질 않는다. 만화 동영상 몇 편을 인터넷에서 본 적은 있지만 우리 집 초느림 인터넷으로 영화를 다운받으려면 꼬박 하루도 넘게 걸렸다.
이제 상관없다. 아무려면 어때. 토리와 나는 서로 다른 행성에 살고 있는데.

점심시간이 돼서 스케치북을 챙기는데 스티븐이 독수리처럼 팔을 쫙 벌리고 내 앞을 가로막아 섰다.
"이봐, 코너드. 너 배짱 좀 키워야겠어."
"잔뜩 키우고 있거든."
"그래도 토리한테 장미를 주란 말이야."
웬일로 버럭하거나 투덜대는 말투가 아닌 평소 다짜와 레슬링이나 스케이트보드에 대해 시답잖은 이야기를 나누는 목소리로 내게 말을 걸고 있었다.
나는 스티븐의 빨간색 운동화를 보며 속으로 웃었다(안습이구먼). 진짜로 웃었다면 아마 스티븐이 나를 반쯤 죽여 놓았을 테지(대략 난감).
"너 걔 좋아하지?"
굶주린 상어처럼 스티븐이 내 주위를 빙빙 돌았다.

"내 숙제 도와주면 토리가 널 좋아하게 해줄게."

스티븐도 전교 회장이랑 사귀는데 그렇다면 나에게도 역시 기회가 있지 않을까. 분명 다짜가 어딘가에 숨어서 이 광경을 보며 키득거리고 있을 것 같았다. 하지만 어쨌든 지금 여기엔 우리 둘뿐이다.

"너 진짜야?"

"아니면 뭐하러 이런 말을 하겠냐?"

스티븐이 씩 웃으며 손을 내밀었다.

"좋아."

손을 잡고 세게 흔들자 거미라도 만졌다는 듯이 내 손을 확 뿌리쳤다.

"악수가 아니라 손바닥끼리 짝 소리 나게 쳤어야지. 어쨌든 이따 점심시간 끝나고 얘기해. 난 농구하러 가야 하니까."

반대 방향으로 걸어가며 생각했다. 오늘은 스티븐이 뇌를 달고 왔나? 스티븐의 뇌는 늘 갖고 다니는 작은 가방에 들어 있는 줄 알았는데. 아무튼 거짓말을 하는 것 같지는 않았다. 설사 일이 잘못된다 해도 내 안경이 깨지거나 눈가에 시퍼런 멍이 들기밖에 더하겠어.

점심시간이 끝나고 치암파 선생님은 조별 과제를 위해 아이들을 몇 개의 그룹으로 나누었고 내가 속한 그룹은 열대우림에 닥친 위기에 대한 조사를 맡았다. 토리와 가까워질 기회는 이미 아마존이 사라지는 속도보다 빠르게 줄어들고 있었다. 컴퓨터를 사용하려 했지만 빈자리가 하나도 없었다. 스티븐이 열대우림에 대한 책을 잔뜩 쌓아 올리는 바람에 우리는 책장 뒤에 쪼그리고 앉아 노트에 메모를 하기 시작했다.

내가 관련 내용이 나와 있는 페이지를 훑어보고 있는데 어느샌가 나타

난 스티븐이 탁 하고 책을 덮어 버렸다.

"대충 해, 코너. 여자애들은 범생이를 싫어한다고."

남자애들도 싫어하긴 마찬가지다. 심지어 범생이도 범생이를 싫어한다.

"너희들 뭐 해?"

맨디였다.

"다짜랑 내가 얘 좀 도와주려고. 토리랑 잘되게."

"내가 뭘 어쩐다고?"

맨디는 내 어깨에 펀치를 날렸다.

"코너, 너 미쳤구나!"

"어쩌면 스티븐이 도움이 될지도 모르잖아."

"어…… 그래……. 우리도 돕고 싶기는 해."

"우리가 토리에 대해 알아봐 줄게. 뭘 좋아하고 뭘 싫어하는지 말이야."

티나였다.

토리는 예술을 좋아하고 얼간이를 싫어한다. 미션 완료.

맨디와 티나를 보며 스티븐이 고개를 끄덕였다.

"좋았어, 굿 아이디어야. 너희도 끼워 줄게."

찌질이를 바꾸려면 몇 명의 도움이 필요할까?

A) 1   B) 2   C) 3   D) 4 (가능한 한 많은 사람)

다짜가 사회책 몇 쪽을 찢어 냈다.

"먼저 리스트를 만들자고. 코너드를 바꾸려면 어떻게 해야 할까?"

모두가 나를 쳐다보더니 이내 노트에 무언가를 적어 내려갔다. 다짜의 리스트는 벌써 다음 페이지로 넘어갔고 스티븐의 노트를 슬쩍 훔쳐보니 족히 50가지는 돼 보였다.

"좋아, 알겠어. 내가 오스트랄로피테쿠스 같다는 거 나도 알아. 가장 심한 거 딱 세 가지만 고를게."

바로 그때 치암파 선생님의 그림자가 검은 구름처럼 우리를 향해 다가왔다.

"잘돼 가니?"

다섯 명 전부 우산을 펼치듯이 머리 위로 책을 들어올렸다.

"책을 펴서 너희들이 찾은 자료들 좀 보여 주렴."

"지금 하고 있는 중이에요, 선생님."

내가 얼른 노트를 가리키며 대답했다.

"조별 과제를 너 혼자 하는 게 아니길 바란다."

"물론이죠, 선생님. 다른 아이들이 자료를 찾고 제가 정리하는 중이에요. 다들 열심히 하고 있어요."

"제법인데, 친구."

스티븐이 내 등짝을 툭 쳤다. 순간 귀를 의심했다. 지금 스티븐이 나를 친구라고 부른 거야?

치암파 선생님은 쉽게 넘어가지 않았다.

"찾은 자료는 다들 노트에 각자 정리해야 한다. 집에 가기 전에 확인할 거야."

선생님이 가고 나자 다짜가 내 안경을 휙 낚아챘다.
"이 바보 같은 안경 벗으면 아무것도 안 보여?"
"흐리멍덩하게는 보이는데, 그것도 보이는 걸로 쳐준다면 보이긴 보이지."

스티븐은 하품을 하며 중얼거렸다.
"네 머리를 보고 있으면 졸려."

스티븐의 리스트에는 머리, 안경, 옷이 굵게 강조되어 있었다. 나도 옷 스타일을 바꾸고 싶은 소망이 있었지만 엄마는 새 옷에 돈을 쓰느니 차라리 새 책을 살 게 분명했다. 나는 평상복을 입고 등교하는 날에도 주구장창 교복을 입었다.

"우리가 다 같이 만나는 데 토리를 불러낼게. 그래서 널 돋보이게 만들어 주는 거야. 아니면 네 생일에 파티를 열어서 우리를 전부 초대하는 건 어때? 식은 죽 먹기 아냐?"

벽에 붙어 있는 생일 목록이 눈에 들어왔다.

마지막 생일 파티는 2학년 때였다. 맨디가 내 생일 케이크의 촛불을 끄는 사진을 엄마는 아직도 갖고 있다. 그 사진을 찍을 때 정작 나는 커피 테이블이 불타 버릴까 봐 무서워 소파 뒤에 숨어서 덜덜 떨고 있었다. 하지만 파티에 온 친구가 달랑 맨디뿐이라는 사실이 훨씬 더 불쌍했다. 아마 다른 애들은 우리 집에 오느니 차라리 치과에 가는 편이 더 낫다고 생각했던 것 같다.

"엄마한테 말해 볼게."

서둘러 나머지 과제를 노트에 정리하고 우리는 각자 책상으로 흩어졌다. 스티븐이 자기 가슴팍을 주먹으로 탕탕 치며 내게 말했다.
"이봐, 애송이. 나한테 맡겨. 넌 이제 쿨한 남자가 되는 거야."
됐고, 그냥 중간만 해도 소원이 없겠다.

11

 토요일 아침, 열대우림을 향해 돌진하는 불도저 소리에 잠에서 깼다. 가만, 이 소리는 거실에서 들려오는 것 같은데. 오전 8시였고 〈배틀 몬스터〉가 방송 중이었다. 시끄러운 소리 때문에 텔레비전 소리는 들리지 않았지만 어쨌든 화면은 보였다.
 "리모컨 어디 있어?"
 내가 소리를 지르자 엄마가 청소기 스위치를 껐다.
 "이제부터 시험이 끝날 때까지 텔레비전이나 컴퓨터는 안 돼."
 "그럴 순 없어!"
 "그럴 수 있어. 어제 가게에서 밴 선생님을 만났는데 네가 집중력이 부족하다고 하시더구나."
 나는 연거푸 코를 푸느라 정신이 없었다. 재채기가 콧속에 틀어박혀 빠져나오질 못하고 있었다.
 "그럼 쉬고 싶을 땐 뭘 하라고?"

"소설책을 읽어."

"그건 따분하단 말이야. 그럼…… 어…… 자료 조사를 해야 할 때는?"

그것 말고도 해야 할 일이 있다는 말은 물론 엄마한테 하면 안 된다.

"엄마가 집에 돌아오면 그때 하면 되잖니?"

그럼 그렇지. 엄마가 옆에서 지켜보는 가운데 하는 웹서핑이라니.

"어서 옷 갈아입어. 엄마는 청소 끝내고 빨래도 해야 돼. 너는 설거지를 해야 하고. 춘절*에 맞춰 집 정리 좀 해야겠다."

텔레비전과 컴퓨터에는 하얀색 침대 커버를 씌웠다. 꼭 시체를 덮어 놓은 것 같았다.

어쩌면 엄마 말이 맞을 수도 있다. 텔레비전과 컴퓨터는 방해가 된다. 이제 그림 그릴 시간이 더 많아졌다.

스티븐은 더 이상 나를 성가시게 하지 않았다. 숙제를 그대로 베끼도록 해주었지만 정작 스티븐이 더 관심을 보이는 건 다름 아닌 내 그림이었다. 지금 다섯 명의 기사를 그리며 시간을 때우는 중인데 각각의 기사는 나와 같은 조에 속한 아이들이었다. 자신의 캐릭터에 홀딱 빠진 스티븐은 내가 그린 두껍고 뾰족뾰족한 칼날을 손가락으로 훑었다.

"이 칼은 정말 사악한데. 꼭 전기톱처럼 생겼네."

나는 빙긋이 웃었다. 도서관에서 빌린 『그림 그리기의 모든 것』을 보고 연습한 작품들 중 하나였다.

"맞아, 철조망이나 비늘 덮인 드래곤 스킨도 충분히 벨 수 있을 만큼 날카로워."

스티븐이 교과서 뒤표지에 낙서를 하기 시작했다.

"그러니까 드래곤 무리가 나쁜 놈들인 거지?"

"맞아, 드래곤들이 그린도라 전체를 강철 발톱으로 지배하고 있어. 우리를 시시케밥**으로 만들려 해."

"그럼 기사에게 더 큰 칼을 줘야겠네."

스티븐이 다시 내 그림을 흘깃 내려다보며 물었다.

"그런데 스토리가 어떻게 되는 거야?"

나는 자리에서 잠시 꼼지락댔다.

"비웃지 않는다고 약속해."

"맹세해."

스티븐은 자신의 손바닥을 내보였다.

"주인공은 나야. 절대로 녹지 않는 어떤 특별한 금속을 발견하게 돼."

"그래서 어떻게 되는데?"

이번에는 맨디가 끼어들었다.

"여기까지야. 아직 다음은 생각 못 했어."

유치하다는 둥 바보 같다는 둥 혹평을 예상했었다. 만약 내 만화에 대해 엄마가 알게 된다면 쏟아질 그런 말들을. 하지만 의외로 스티븐은 씩 웃으며 이렇게 말했다.

"굉장해. 읽어 보고 싶은데."

---

*한국의 설날과 같은 음력 1월 1일로 중국의 가장 큰 명절이다.
**중동 지역 요리로 포도주나 조미료로 양념한 고기를 꼬챙이에 끼워 구운 것

"나도 읽을게. 난 드래곤이라면 지긋지긋해. 걔들은 매번 내 럭비 팀인 토끼를 박살 내거든."*

웃음을 참느라 혀를 깨물어야 했다. 어째서 다짜가 그토록 귀엽고 연약한 토끼 럭비 팀의 팬인지 정말 궁금했다.

"복사본 나오면 나도 살게. 물론 공짜라면, 코너드."

맨디가 나를 향해 혀를 쑥 내밀었다.

나는 양손바닥 사이에 연필을 끼워 넣고 불을 지피려는 사람처럼 박박 비벼댔다. 나의 기사단과 드래곤 무리가 스케치북에서 탈출하고 싶어 안달이 나 있었다. 누군가가 나의 만화책을 읽을지도 모른다는 생각이 들자 영감이 마구 샘솟았다. 집에 갈 때까지 기다릴 수가 없었다. 과외학원 숙제도 날 막을 순 없다.

---

*드래곤과 토끼는 각각 오스트레일리아 프로 럭비팀인 세인트 조지 드래곤스와 사우스 시드니 래비토스를 일컫는다.

12

 아직도 손 편지를 주고받는 사람이 이 세상에 딱 두 명 있다면 그건 우리 엄마랑 로지 이모일 거다. 엄마는 커다란 봉투를 가져와 성적표와 상장, 그밖에 내 이름이 붙은 잡동사니를 죄다 채워 넣었다. 그리고 여기저기 온통 중국어로 해석한 메모를 붙여서 로지 이모에게 내가 여전히 찌질한 얼간이인 동시에 이모의 돈을 헛되이 쓰고 있지 않음을 설명했다.
 아빠가 돌아가시고 난 뒤, 중국에 있는 로지 이모는 평생 모은 돈을 내 학비와 과외비에 쓰라고 주셨다. 난 중국어를 전혀 할 줄 모르지만 그래도 감사하다는 말만큼은 어떻게 하는지 알고 있다. 로지 이모와 전화 통화를 할 때마다 내가 제일 먼저 하는 말은 "시에시에"다.
 엄마는 소파에 앉아서 편지를 쓰고 있었다. 이제 600 하고도 쉰다섯 번째 페이지쯤 된 것 같다.
 부엌에서 갓 우려낸 재스민차를 엄마에게 내밀며 물었다.
 "그냥 이메일로 보내면 안 돼? 그럼 성적표나 다른 것들도 전부 스캔할 수 있어. 엄마가 스캐너만 사준다면."

"생각해 볼게."

엄마의 어깨 너머로 편지지를 가득 메우고 있는 내 중국어 이름이 보였다.

"중국어를 좀 더 배웠으면 좋겠어."

"너는 지금 오스트레일리아에 살고 있잖아."

엄마가 커피 테이블에 내려놓은 펜이 데구루루 굴러 바닥으로 떨어졌다.

"엄마는 네가 영어를 아주 잘했으면 좋겠어. 그래야 로지 이모도 기뻐할 거야."

"이모는 내가 하는 말을 알아듣지도 못하는데, 뭐."

엄마가 중국 지폐 뭉치를 종이 사이로 쓱 밀어 넣었다. 돈은 스캔할 수가 없나 보다.

"로지 이모는 가난해?"

침을 꿀꺽 삼키는데 꼭 목구멍으로 로켓을 쑤셔 넣는 것 같았다.

"이모가 전에 회계사였다고 들었던 거 같은데."

"중국에서 회계사는 그다지 벌이가 좋지 않아."

"그럼 내가 도와드려야겠네."

생일이나 춘절에 받은 용돈을 조금씩 모아 둔 게 있었다. 〈드래곤 윙스〉 게임을 사려고 모은 거지만 로지 이모라면 기꺼이 드릴 수 있다.

"너는 공부를 열심히 하는 걸로 갚으면 돼. 넌 우리 집안 최초로 의사가 될 거니까."

엄마의 머그잔에 다시 재스민차를 따랐다. 엄마나 로지 이모한테 내 그림에 대해 어떻게 말을 꺼내야 할지 도통 모르겠다. 엄마와 이모에게 난 언제나 '미래의 의사 선생님'일 뿐이니까. 멍하니 창밖을 내다보자 빼꼼히 나와 있던 달이 구름 뒤로 모습을 감추고 있었다. 나를 도와줄 다른 가족이 필요했다.

"엄마, 반달이나 보름달이 아니어도 아빠한테 기도해도 돼?"

"물론 해도 되지. 공부할 때나 학교생활에 도움이 필요하면 언제든지 아빠한테 얘기해도 돼."

엄마가 내 어깨를 부드럽게 감싸 안았다.

"엄마도 그렇게 하고 있어?"

"가끔."

엄마가 침실로 들어가고 난 뒤 부엌으로 살금살금 걸어 나와 바나나를 한 개 집어 들었다. 엄마에게 음식도 함께 올려야 하냐고 미리 물어볼걸 그랬다. 야식이라면 아빠도 분명 좋아하겠지. 아빠의 제단 앞에 놓인 접시에 바나나를 올리고 무릎을 꿇었다. 그리고 아빠의 사진을 향해 웃으며 속삭였다.

"안녕, 아빠. 새로 그린 제 만화 얘기 들어 보실래요?"

도서관에서 나의 만화 「불타지 않는 기사단」을 그리는 중이다. 심지어 이건 진짜 일본 만화처럼 오른쪽에서 왼쪽으로 읽어 나가는 식이다. 아빠한테 얘기했던 그대로, 주인공인 코너는 가난한 대장장이의 아들이자 용맹스런 기사단의 리더이다. (본인은 아직 그 사실을 모른다.) 온 마을이 사악한 드래곤 무리에 의해 전부 불타 버렸는데, 녹지 않는 절대 금속을 발견한 코너가 드래곤의 불꽃으로부터 자신을 보호할 수 있는 방패를 만들게 된다.

마을이 온통 불꽃에 휩싸인 장면을 그리느라 한참 신이 나 있었는데 갑자기 팸 선생님의 요란한 목소리가 들렸다.

"이런, 이런, 여기 '스'로 시작하는 문제아가 오셨네. 스티븐, 어쩌다 이렇게 쫄딱 젖었니?"

"밖에 비가 오네요, 선생님. 친구 좀 잠깐 보러 왔어요."

스티븐의 얼굴 위로 줄줄 흐르는 건 빗물이 아니라 땀이었다.

지금 내 얘기를 하는 건가?

뚝뚝, 그림 위로 땀방울이 떨어졌다.

"우아, 저 남자 엉덩이에 불붙었네!"

스티븐이 낄낄거렸다.

"야, 지금 밖에서 누가 농구하고 있는지 맞혀 봐."

"치암파 선생님?"

"울랄라. 섹시한 네 짝사랑. 제법 잘하던데. 어서 내려와. 그래야 널 볼 거 아냐."

"난 농구는 젬병인데."

"토리는 그 사실을 모른다고."

스티븐은 자신의 셔츠로 이마의 땀을 닦았다.

주섬주섬 물건들을 챙겨 농구 코트로 내려갔다. 토리가 엘레나랑 다른 여자애들 몇 명과 함께 농구를 하고 있었다. 머리를 묶은 토리의 모습은 처음 보았는데 그야말로 환상적이었다. 「불타지 않는 기사단」에 나오는 토리나 공주, 딱 그 모습이었다.

다짜와 6학년 A반의 조슈아가 다른 쪽 농구대에서 슛을 던지고 있었다.

"울트라 찌질이 데려오려고 잠깐 쉬자고 한 거야?"

"닥쳐. 얜 우리 편이야. 그림 끝내주게 잘 그린다고."

"뭘 그리는데? 자기가 슬램 덩크하는 거라도 그리나 보지?"

다짜가 내 팔을 잡더니 귀에 대고 속삭였다.

"일단 공을 잘 봐. 그리고 쿨한 척해."

나는 한 번에 한 가지만 할 수 있다. 그래서 일단 다짜가 슛을 던지는 모습을 바라보았다. 골대의 끄트머리를 맞고 튕겨져 나온 공이 내 얼굴을 후려치자 안경 양 옆이 바르르 떨렸다. 조슈아가 웃음을 터뜨렸다.

"나이스 리바운드."

"그렇게 서 있지만 말고 움직여."

다짜가 손을 들어 올리며 외쳤다.

"일단 공을 잘 보라며."

"그 안경부터 벗지 그래."

조슈아가 빈정거렸다.

"그럼 안 보여."

"보이나 안 보이나 너한텐 별 차이 없을 것 같은데."

토리는 마치 아이스스케이팅 링크를 도는 것처럼 코트를 누비고 있었다.

"농구란 어떻게 하는 건지 가르쳐 줄게."

스티븐이 공을 집어 들며 말하자 옆에 있던 다짜가 나한테 물었다.

"우리 집으로 와. 학교 끝나고 언제 시간 돼?"

지금 농담하는 거겠지? 학교가 끝나도 내게 남는 시간이란 없었다. 딱 하루 시간이 남는 날은 오늘 오후, 그러니까 매주 수요일뿐이다. 보통은 도서관에 가서 만화책을 읽거나 집에 가서 웹서핑을 하곤 했지만 엄마가 내 컴퓨터를 처형해 버렸으니 집에 가도 딱히 할 일이 없긴 했다.

"오늘 오후는 어때?"

13

 다짜와 함께 걸어가면서 주말에 있을 럭비 경기 이야기를 듣는 중이다. 다짜네 집은 우리 집 바로 아래 블록이었다.
 "나는 윙어야. 선수들이 나한테 공을 주면 트라이 라인으로 돌진하는 거지. 해트 트릭을 기록한 적도 있어."
 "끝내주는데. 그거 무슨 마법사의 트릭 같은 거야?"
 "이런, 이런. 그게 아니라……."
 다짜는 수북한 앞머리를 입으로 훅 불어 올렸다.
 "한 게임에서 연달아 세 번이나 점수를 올렸다는 뜻이야. 나는 우리 팀 득점왕이라고."
 다짜가 아무리 만능 스포츠맨이라고 해도 과연 나한테서 운동 유전자를 찾아낼 수 있을까? 선생님들은 내 안경을 곧 운동의 걸림돌이라고 인정했기 때문에 내가 체육에 참여하든 안 하든 그다지 신경 쓰지 않았다. 그건 성적표에 기록되지 않으니까.

"너 뭐 운동하는 거 없어?"

"엄마가 못 하게 해."

물론 내가 먼저 해도 되냐고 물어본 적도 없다.

"기분 나쁘게 생각하지는 마. 나는 네가 쿵푸나 뭐 그런 걸 잘하는 줄 알았어."

나는 손바닥을 칼날처럼 세워 허공을 사선으로 가르며 대답했다.

"나도 그랬으면 좋겠어. 하지만 그건 내 만화 속에서나 가능한 일이야."

텅 빈 집에 도착해서 운동복과 반바지로 갈아입자 다짜의 우람한 팔다리가 드러났다.

"점퍼부터 벗어. 일단 동네부터 한 바퀴 돌 거야."

다짜가 마당을 뛰며 말했다.

"집 근처를 뛴다고?"

"일단 따라와."

다짜를 뒤쫓아 길가를 전력질주해서 공원까지 뛰어갔다. 이미 지칠 대로 지쳐 버린 나는 팔팔 끓는 주전자처럼 헉헉대기에 바빴고 걸을 때마다 발가락이 쑤셔 왔다. 나름 다짜와의 간격이 너무 벌어지지 않게 쫓아가려고 안간힘을 쓰는 중이었다.

"대체 결승선이 어디야?"

"저 위쪽 길로 해서 우리 집까지 가는 게 일단 첫 코스야."

"첫 코스라고?"

벌써 들것에 실려 나가기 직전인데.

"좋아, 그럼 일단 한 바퀴만."

다시 집으로 들어서자 그제야 비로소 정상적인 사람처럼 숨을 쉴 수 있었다.

"몸 좀 풀렸어?"

"풀리다 못해 쓰러지겠어."

앞마당에 그대로 드러누워 버렸다. 오후의 낮잠을 즐기기에 딱 알맞은 부드러운 잔디였다.

"엄살은. 일어나 봐. 뒤뜰로 가자."

뒷마당에는 어찌나 많은 운동기구가 갖추어져 있던지 '다짜 배 올림픽'을 열어도 충분할 것 같았다. 다짜가 싱긋 웃으며 농구공을 가볍게 튕겨 나에게 넘겼다.

"뭐든지 해봐. 괜찮아, 토리가 안 보니까."

나는 통통거리며 지그재그로 빠져나가는 농구공을 더듬더듬 붙잡았다.

"위(Wii)에서 할 땐 쉬워 보였는데."

다짜가 한 손으로 공을 잡고 내 앞으로 다가왔다.

"그럼, 일단 손가락을 양옆으로 쫙 펴고 그다음에 공을 들어 봐."

손가락에 농구공의 오돌토돌한 표면이 느껴졌다.

"잡긴 했는데, 바로 떨어뜨릴 것 같아."

"바로 그거야. 이제 놔봐."

그러자 공이 요요처럼 나를 향해 다시 튀어 올랐다.

"우아! 진짜 쉽잖아!"

다짜가 씩 웃었다.

"그럼 이제 걸으면서 해봐."

콘크리트 바닥으로 떨어졌다 튀어 오르는 공의 탄력을 이용하며 똑바로 걸어 나가자 다짜가 나를 향해 엄지를 척 들어 올렸다.

"지금 그걸 드리블이라고 하는 거야."

한 시간 뒤, 내 손은 자석처럼 공에 쫙쫙 들러붙었고 드리블쯤은 식은 죽 먹기로 할 수 있는 수준이 되었다.

"처음 치고는 나쁘지 않았어. 학교 농구팀 해도 되겠는데."

달콤하면서도 시큼한 사워 소스 맛이 나는 스포츠 음료를 건네며 다짜가 말했다.

"우리 홈경기는 점심시간에 있어. 그럼 토리도 분명 널 응원하러 올 거야."

그러고는 치어리더가 술을 들고 응원하는 것처럼 허공을 향해 팔을 흔들었다. 나도 얼른 일어나 다짜 옆에서 양손을 흔들었다.

"오, 예! 브이—아이—시—티—오—알—와이—코너—이겨라—!"

다짜는 나를 보며 고개를 절레절레 흔들었다.

"촌스럽게 코너—이겨라—가 뭐냐? 이제 찌질이 노릇 좀 그만하는 게 어때?"

나는 큰 소리로 웃으며 대답했다.

"응, 이제부터 그러려고."

14

엄마와 함께 카브라마타*에 있는 베트남 타운으로 장을 보러 가는 중이다. 춘절을 지내기 위해서 사야 할 것들이 엄청나게 많았다. 존 스트리트는 사방이 붉은빛깔 천과 등불로 가득 덮여 있었고 가게마다 꽃을 내걸었다. 엄마는 우리 안에 들어 있는 새끼 강아지를 검사하듯 꽃들을 하나하나 유심히 살펴보았다. 꽃을 사는 데 있어서 만큼은 특히 까다로웠다. 춘절에 맞춰 활짝 피는 꽃은 한 해의 행운을 의미하기 때문이다. 우리는 빨간색과 오렌지색 글라디올러스 한 다발을 골랐다. 토리의 밸런타인데이 장미보다는 훨씬 튼튼해 보이는 꽃이었다.

길거리에서는 용 춤 공연이 한창이었다. 공중으로 오르락내리락 하는 용머리가 보이기도 전에 북소리에 맞춰 힘차게 구호를 외치는 소리가 먼저 들렸다. 용의 모습을 어쩜 저렇게 잘 표현했을까. 마치 하늘을 나는

*시드니 서쪽 외곽에 있는 베트남 타운.

커다란 뱀 같다. 이런 광경을 보고 나면 「불타지 않는 기사단」에 등장하는 드래곤을 그릴 때마다 영감이 떠오른다.

엄마는 한 가게에서 오렌지와 귤을 사느라 정신이 없었다. 이것저것 말린 과일도 한 접시 가득 샀다. 전부 다 아빠의 제단에 올릴 것들이다. 말하자면 춘절에는 아빠를 위한 연회가 열리는 셈이다.

"오리하고 닭은 다음에 사야겠네."

엄마의 이 말에 내 양 팔이 비로소 안도의 한숨을 내쉬었다. 나는 파도처럼 밀려오는 사람들 사이에서 꽃을 안고 가느라 힘겹게 버둥대는 중이었다.

볼일을 마치고 존 스트리트 모퉁이에 있는 카페에 갔다가 우연히 최 선생님과 라이언네 엄마인 응우옌 선생님을 만났다. 곧바로 '누가 누가 잘하나'라는 주제로 열띤 토론의 장이 열렸다. 아시아계 부모님들은 언제나 이 주제로 토론을 벌인다. 우리 가문의 영광이 시험대에 오르는 순간으로, 이때가 되면 엄마는 나를 어물전에서 가장 신선한 횟감처럼 팔아치우곤 했다.

"한나네 영재반에서는 벌써 7학년 진도를 나간다던데, 코너도 특목고에 가려면 남들보다 앞서 준비해야지."

최 선생님의 말에 내가 캑캑거리는 바람에 마시고 있던 버블티가 사방으로 뿜어져 나왔다. 한나는 이미 너무 심하게 앞서 나가고 있었다. 조만간 다른 아이들보다 한 바퀴는 앞서게 될 거다. 그러자 응우옌 선생님의 얼굴에 굉장히 만족스러운 반달 같은 미소가 번졌다.

"라이언은 지금 8학년 과정을 하고 있어. 요샌 웨스턴 시드니 오케스트라 리허설 하느라 바빠. 다음 달에 오페라 하우스에서 공연이 있거든."

"맞다. 신문에서 라이언 사진 봤어."

엄마였다.

라이언은 신문에 네 번이나 나왔다. 두 번째로 나왔던 건 뉴사우스웨일스 주 철자법 대회에서 2등을 했을 때였는데, 신문 3면에 나온 라이언을 보고 엄마는 거의 기절할 뻔했었다. 반면에 나는 토하기 직전이었다. 엄마가 그 기사를 냉장고 문에 붙여 두는 바람에 음료수를 마실 때마다 라이언 얼굴을 봐야만 했다.

엄마는 울트라 찌질이들이 등장하는 신문 기사를 열정적으로 스크랩했다. 그중엔 열네 살에 시드니 대학교에 간 아이도 있었고 열다섯 살에 싱가포르에서 박사가 된 아이도 있었다. 나도 안다. 엄마가 나를 자극하려고 그런다는 것을. 하지만 내가 알기론 이 세상에 나보다 훨씬 더 똑똑하고 앞길이 창창한 아이들이 백만 명쯤은 있다.

이런 토론의 장이 열릴 때마다 엄마는 번번이 침묵했다. 내가 수학 경시대회에서 꽤 좋은 점수를 받으면 라이언과 한나의 점수는 그보다 훨씬 더 높았다. 내가 루비 교장선생님한테 상을 받으면 라이언은 아마 국회의원으로부터 커다란 메달을 받아 올 테고, 내가 철자법 시험에서 20점 만점에 20점을 받으면 한나는 분명 20점 만점에 100점을 받을 거다. 그 둘은 우리 집 벽에 걸려 있는 상장들을 우표책처럼 초라하게 둔갑시켰다.

엄마의 눈빛이 흔들리기 시작했다. 이제는 엄마가 떠들 차례였다. 하지만 엄마는 티스푼을 만지작거리며 최 선생님과 응우옌 선생님이 미래의 노벨상 수상자들에 관해 늘어놓는 이야기를 묵묵히 듣기만 했다. 왕 씨 집안의 명예가 내 손에 달려 있었다. 나에게도 땅에 떨어진 명예를 회복할 만한 비장의 무기가 있긴 했다.

A) 아, 그래? 요즘 코너는 자기 만화 작품을 그리고 있어. 앞으로 유명한 아티스트가 될 거야.
B) 코너는 요즘 농구도 해. 그것도 그린 힐에서 가장 잘나가는 선수 두 명이랑. 챔피언 팀에서 뛰게 될 거야.
C) 코너가 토리랑 사귀려나 봐. 토리라는 애, 정말 예쁘더라고. 미인대회에 나가면 1등은 따놓은 당상이야.
D) 위의 세 가지 전부 다(연속 3루타).

하지만 그 어느 것도 나는 엄마에게 말하지 못했다. 이 중 하나라도 실제 일어난 일은 아직 없으니까. 엄마를 위해, 그리고 가문의 영광을 위해 난 정말 특별한 무언가를 해야만 한다.

15.

 따분하기 짝이 없는 6학년 전체 조회 첩보작전에서 무사히 살아남았다. 전체 조회는 사실 놀고먹는 거나 다름없었다. 선생님들은 할 말이 끝나고 나면 벨이 울릴 때까지 학생들을 그냥 내버려 두기 때문에 우리는 앉아서 수다나 떨면 그만이었다. 게다가 그 시간엔 다른 반 학생들도 만날 수 있었다.
 스티븐이 내 팔을 붙잡고 엘레나와 토리가 있는 쪽으로 질질 끌고 가며 속삭였다.
 "결혼식 할 때 나한테 감사해라."
 그러고는 나를 앞으로 쓱 밀었다.
 "만화책은 잘돼 가?"
 체리 모양 귀걸이를 만지작거리며 토리가 물었다.
 "그것 때문에 정신없어. 이런, 미안, 코너드. 아니, 코너. 이건 네가 대답해야 하는데."

나는 토리에게 「불타지 않는 기사단」의 스토리를 얘기해 주었다. 요전에 아빠에게 했던 것처럼. 진짜 만화로 탄생한 기사단은 전보다 훨씬 그 럴듯하게 느껴졌다.

"중국 스타일로 용을 그리는 거야?"

"가끔은. 그런데 그리다 보면 나중엔 꼭 뱀처럼 보이더라고. 내 만화에 나오는 드래곤은 하늘을 나는 익룡에 가까워. 〈드래곤 윙스〉 게임에 나오는 것처럼 말이야."

"그렇구나. 그 게임은 한국에서도 꽤 인기 많은데. 한국 애들은 전부 프로 게이머가 되고 싶어 해."

"우아! 게임하는 게 직업이라고?"

토리는 마치 딸기향이 날 것만 같은 귀여운 소리를 내며 대답했다.

"후훗, 한국 텔레비전에선 게임하는 장면을 방송해 줘. 프로 게이머들은 연예인만큼 인기가 좋아."

한국이야말로 지구상에서 가장 멋진 곳임에 틀림없다. 제발 누군가 어서 빨리 순간이동 장치를 발명해 주길.

치암파 선생님이 종이 한 장을 들고 앞으로 나왔다.

"너희들 중학교 진학 등록 신청서다. 에메랄드 하이츠가 지역 학교고, 특목고에 진학할 생각이 있는 사람은 여기 아래쪽에 쓰면 된다."

여기서 가장 가까운 특목고는 켄츠워스였는데 가깝다고는 해도 버스 두 번에 지하철 한 번 타야 갈 수 있었다. 켄츠워스, 왠지 모르게 옛 성城의 분위기가 풍기는 이름이다. 교복이 갑옷으로 된 슈트일 것만 같은.

옆에 떨어진 바싹 마른 나뭇잎 하나를 주워 손가락으로 바스러뜨렸다. 꼭 합격해야만 한다. 안 그럼 내 만화와도 작별이니까. 엄마와 나는 이미 켄츠워스 홈페이지에도 들어가 보았다. 그 학교 도서관은 크기가 축구장만 했다. 하지만 미술실도 있었고 농구 코트도 두 군데나 있었다. 그러니까 켄츠워스 학생이라고 전부 의사가 되라는 법은 없는 거다.

"특목고에 진학하려고 하는 사람?"

치암파 선생님의 질문에 나와 엘레나가 손을 들었다. 나까지 전부 다섯 명이었다.

"저는 마블 가든 체육 중학교에 갈 건데요."*

다짜가 우렁찬 목소리로 외쳤다.

"그래, 알겠다. 온 세상이 다 아는 사실을 한 번 더 얘기해 줘서 고맙구나. 그럼 각 반 담임선생님께서 신청서를 나눠 주실 거다."

브레이 선생님과 앨몬트 선생님이 각자 반을 이끌고 교실로 돌아간 뒤에도 6학년 C반은 그 자리에 계속 남아 있었다. 맨디와 티나가 신청서를 작성하고 있었는데 꼭 여권을 만들 때 작성하는 서류처럼 보였다. 엄마가 이런 일을 해야 할 땐 항상 내 도움이 필요했다. 엄마의 영어는 아무래도 읽기보단 말하기 쪽이 더 나았다.

"선생님, 운동해도 되나요? 10분밖에 안 남았는데요."

스티븐의 말에 선생님은 아무래도 상관없다는 듯 어깨를 추켜올렸다.

---

*오스트레일리아의 학제는 초등학교(1~6학년), 중학교(7~10학년), 고등학교(11~12학년)로 이루어진다. 보통 학생들은 초등학교를 마치면 일반 중학교에 진학하고, 작중 코너가 진학하는 특목고는 7학년부터 12학년까지 다니기 때문에, 같은 나이의 학생이라도 중학교 진학을 앞둔 학생과 특목고 진학을 앞둔 학생이 섞여 있는 것이다.

"그래, 가서 공 가져와. 피구나 해야겠구나."

말이 떨어지기가 무섭게 스티븐과 다짜가 쏜살같이 달려 나갔다. 내가 할 줄 아는 종목이 생기고 나니 운동도 그다지 나쁜 건 아니라는 생각이 들었다.

티나와 맨디는 마더 테레사 사립여학교에 대해 이야기하는 중이었다.

"거긴 우리 엄마가 나온 학교거든."

깔깔거리며 맨디가 한마디했다.

"네가 거기 가면 예전 너희 엄마 담임선생님이 있을지도 몰라!"

시험에서 떨어진다면 에메랄드 하이츠에 가야겠지. 하지만 그것도 내가 살아남았을 때 얘기다. 엄마에겐 켄츠워스 말고 다른 학교는 없었다.

16

밴 선생님이 교실에 히터를 트는 바람에 찜통 안 딤섬이 되어 가는 중이다. 수학 시험지를 채점하고 나서 자리가 네 칸이나 뒤로 밀렸다. 한 칸만 더 밀려나면 세 번째 줄로 내려가야 한다. 이건 맹세코 밴 선생님의 모의고사가 점점 어려워지고 있기 때문이다. 쉽게 점수를 올릴 수 있는 문제가 더 이상 보이질 않았다. 오늘 수학 시험은 정말이지 삶은 호박에 이도 안 들어갈 만큼 말도 안 되게 어려웠다.

"선생님, 10번 문제 못 풀겠어요."

내가 손을 번쩍 들자 밴 선생님은 손가락을 까딱이며 말했다.

"문제를 다시 읽어 봐."

선생님은 모든 질문에 이렇게 대답한다.

"이미 읽어 봤는데요."

밴 선생님이 마커 펜을 들고 화이트보드에 문제를 옮겨 적었다.

"여기, 이렇게, 이렇게……."

그러더니 혼자서 빙고 게임을 하는 것처럼 숫자에 동그라미를 치기 시작했다.

"그러고 나서 이걸 없애고, 이걸 가져오면 되잖아. 그러니까 답은 C, 34야."

앞에 적힌 동그라미와 화살표들이 너무 희미해서 당최 알아볼 수가 없었다. 엄마가 시간당 45달러나 지불하고 있는데 새 마커 펜 살 돈이 없다니.

"이제 알겠어?"

"음…… 네."

선생님이 베트남 신문에 다시 고개를 파묻자 라이언이 나를 돌아보며 쪽지 하나를 휙 던졌다. 손바닥으로 튕겨져 들어온 쪽지에는 이렇게 적혀 있었다. '이건 일정한 패턴이야. 5를 더한 다음에 그걸 다시 7로 나눠.'

"아하, 이거였군."

나도 모르게 혼자 중얼거렸다. 어째서 밴 선생님은 이런 식으로 설명해 주지 않는 걸까? 라이언에게 고맙다는 쪽지를 써서 던지고 싶었지만 내 실력으론 밴 선생님의 머리통에 명중시킬 것만 같았다.

팸 선생님이 '실종자를 찾습니다'라며 내 얼굴이 들어간 포스터를 온 도서관에 붙여 놓았을지도 모르겠다. 나는 도서관에 가는 대신 일주일 내내 농구를 했다. 이제는 내 발에 걸려 넘어지거나 공이 발에 맞고 튕기는 일 없이 코트를 누빌 만한 수준이 되었다. 우리는 조슈아의 친구들과 함께 3대 3 게임을 하는 중이었다.

다짜가 패스한 공이 내 가슴팍에 꽂히자 즉시 공을 잡아 뛰어오르며 슛을 날렸다. 슈웅— 골인! 나는 딸꾹질을 하는 것처럼 엉덩이를 씰룩대며 코트를 방방 뛰었다. 다짜와 스티븐이 내게 다가와 손바닥을 마주치며 하이파이브를 했다.

"이번엔 분명 네 덕분에 이긴 거야."

내 자신이 지금보다 멋있었던 적은 없었다. 저쪽에서 토리와 엘레나가 우리를 향해 걸어오고 있었다.

"아직 안 물어봤어?"

엘레나의 말에 스티븐이 대답했다.

"응, 아직. 직접 물어봐."

"혹시 「핫 스팟」에 네 만화 연재할 생각 없니? 첫 출간부터 완전 빵 터뜨려야 하거든!"

엘레나의 손에는 지난 호 복사본이 들려 있었다. 잡지에는 각종 사진과 기사, 그리고 학교에서 진행하는 온갖 멋들어진 일들이 가득했다. 난 한 번도 잡지에 나와 본 적이 없다. 도서관 대출왕에 대한 이야기를 써보려고 했지만 3년 연속 거절당했던 게 전부다.

"뒤에 여덟 페이지를 너한테 줄게. 브레이 선생님도 이미 허락하셨어."

"그럼 돈도 받는 거냐?"

불쑥 끼어든 스티븐의 질문에 엘레나가 눈을 부릅떴다.

"잡지 한 권당 50센트야. 그걸로 인쇄하기도 벅차."

"상관없어. 공짜로 그리지 뭐."

과연 가문의 영광에 기여할 수 있을지는 모르겠지만, 학교 잡지를 위해 무언가를 한다는 건 어쨌든 쓸모 있는 일 아닐까? 적어도 내가 몰래 만화를 그린다는 데에 더 이상 죄책감을 느끼지는 않아도 되니까.

"그 만화 빨리 보고 싶다."

토리 목소리였다. 토리의 미소는 무지개를 뒤집어 놓은 것만 같다.

"그럼 수요일 오후에 미팅이 있으니까 도서관에서 만나자."

토리와 엘레나가 사라지자 스티븐이 나에게 달려들었다.

"짜식, 너 진짜 토리랑 뭔가 돼 가는데!"

그러더니 모자를 벗기고 내 머리카락을 마구 흩뜨렸다.

"그러니까 절대 실수하면 안 된다고! 근데 네 머리 말이야. 혹시 엄마가 잘라 주시냐?"

설마 그렇게 티가 났나? 내 바가지 머리는 엄마가 매달 한 번씩 잘라 준다. 바가지를 엎어 놓고 거기에 맞춰 가장자리를 잘라 내는 식이다. 어서 머리통이 커져서 더 이상 맞는 바가지가 없게 되길 간절히 바랐지만 그때가 되면 엄마는 샤브샤브 냄비라도 구해 오겠지.

"새시 라인에 가면 할인을 좀 받게 해줄 수 있는데. 로셀은 최신 스타일을 빠삭하게 알거든. 이 동네에선 가장 잘하는 헤어디자이너야."

"알겠어. 그럼 같이 가자."

"오케이, 좋았어. 이제 쉬는 시간 끝났으니까 게임 계속해야지. 서둘러."

"엘레나한테 물어봐 줘서 고마워. 난 그런 거 생각도 못 했는데. 그럴 배짱도 없고."

스티븐이 씩 웃었다.

"그러니까 만화에서 나를 최고로 멋지게 그리란 말이야."

17

 6학년 C반에서는 미술 활동을 거의 하지 않는다. 치암파 선생님은 교실이 엉망진창이 되는 걸 끔찍이 싫어했고 게다가 교실도 너무 작았다. A반과 B반의 커다란 교실에는 미술 수업을 따로 할 수 있는 공간과 싱크대까지 있었지만, 우리 교실엔 미술 수업용 탁자와 물이 담긴 양동이가 전부였다. 그래서 치암파 선생님이 미술 활동을 할 거라고 하면 스티븐과 다짜마저도 관심을 보일 정도였다. 선생님이 화이트보드에 대문자 O처럼 생긴 커다란 타원을 그리는 걸 보고 나는 잠깐 글씨 쓰기 수업을 하는 걸로 착각했다.
 "너희들이 서로 얼굴을 그려 보는 거야. 두 명씩 짝지어서."
 "선생님, 세 명이서 하면 안 되나요?"
 스티븐의 질문에 치암파 선생님이 고개를 끄덕이자 우리는 삼각형으로 둘러앉았다. 다짜가 내 등을 툭툭 쳤다.
 "이쪽으로 와, 코너. 나 그려 줘."

"안 돼. 코너는 나를 그려야지!"

"내가 슬러시 사줄게."

"알았어. 큰 걸로 사야 돼. 그럼 내가 널 그려 주지, 코너."

진짜처럼 묘사해야 하는 그림은 딱 싫다. 그건 정말 지루하기 짝이 없다. 나는 그림을 그릴 때만큼은 미친 척하고 마음대로 하고 싶었다.

일단 다짜의 거칠고 곱실곱실한 금발을 사자 갈기처럼 만들었다. 스티븐의 그림을 보니 내 두꺼운 안경이 마치 거대한 블랙홀을 연상시켰다. 토리가 나를 볼 때도 저런 생각이 들까? 스티븐이 스케치북을 뜯어서 구겨 버리려고 하길래 얼른 팔을 잡으며 말렸다.

"괜찮은데, 왜."

"쓰레기야. 형편없어."

"이건 예술이야. 그러니까 그리는 사람 마음대로 뭐든 해도 돼."

그동안 스스로에게 수없이 반복했던 말이다. 이제는 나의 신념이기도 했다. 아빠가 계셨더라도 분명 똑같이 말씀하셨을 거다. 엄마도 같은 생각을 하게 된다면 내 인생은 더할 나위 없이 달콤해질 텐데.

치암파 선생님이 종이를 접어 사각형 네 개를 만들었다.

"각각 사각형마다 다른 색을 사용하도록 해."

맨디가 신음 소리 비슷한 걸 냈다.

"그렇게 하면 지금 그림을 망칠 것 같아요."

맨디가 그린 티나의 얼굴은 색이 정말 옅은 데다가 오히려 맨디 자신과 더 닮아 있었다.

"그렇게 하면 그림이 더 돋보일 거다."

우리는 왁스 크레용을 들고 얼굴에 색칠을 해나갔다. 나는 다짜의 사자 갈기에 오렌지색과 노란색, 그리고 갈색을 사용하여 생동감을 불어넣었다.

스티븐이 휘익— 하고 휘파람을 불었다.

"이야, 우리 반 최고 아티스트는 바로 너였어."

그러더니 연이라도 날리는 것처럼 내 그림을 쳐들고 다니며 다른 아이들을 향해 외쳤다.

"이것 좀 봐. 코너가 그린 다짜야."

맨디와 티나가 킥킥거렸다.

"다짜랑 정말 닮았는데."

스티븐이 잽싸게 달려 나가더니 치암파 선생님 등 뒤에서 불쑥 그림을 내밀었다.

"선생님, 이것 좀 보세요."

그러더니 사물함으로 가서 내 스케치북까지 꺼내 왔다. 순간 심장이 쪼그라드는 것 같았다.

"코너한테 분명 재능이 있는 거 맞죠?"

지금 무슨 짓을 하는 거야? 스케치북을 낚아채서 냅다 줄행랑을 치고 싶었다. 그 스케치북은 선생님은 물론 아무한테도 보여 줄 만한 게 아니었다. 그 안에는 괴상하고 폭력적인 만화뿐 아니라 팔다리가 잘려 나가거나 불타 버린 채 죽은 사람 모습도 있었다. 공포영화만큼은 아니었지만 그래도 치암파 선생님이 본다면 비명을 지르기에 충분한 장면들이었다. 선생님의 눈동자가 이리저리 흔들리는 게 보였다. 머릿속으로 내 완벽한 성적표에 들어갈 한 줄 평을 적고 있는 게 분명했다.

"그러니까 쉬는 시간에 이걸 그렸단 말이지?"

교실은 쥐 죽은 듯 조용해졌다. 내가 문제를 일으킨 건 처음 있는 일이었고 이 좋은 구경거리를 놓칠세라 모두가 집중하고 있었다.

"잠깐 밖으로 나올래, 코너?"

선생님이 스케치북을 접으며 말했다.

스티븐이 황급히 나를 따라오며 꺼져 가는 목소리로 속삭였다.

"미안해, 정말로. 이럴 의도는 아니었는데……."

"네 이름도 코너였던가?"

치암파 선생님의 엄한 목소리에 스티븐은 한숨을 내쉬며 슬그머니 자리로 돌아갔다. 한 발 한 발 멈칫거리며 선생님을 따라 교실 밖으로 나갔다. 치암파 선생님이 내 스케치북을 다시 펼쳤다.

"학교에 오랫동안 있었지만, 이런 건 정말이지 처음 보는구나."

무릎이 덜덜 떨려 왔다.

"이번에 우리 학교가 유명한 게일 선생님과 함께 작업을 하게 됐단다."

"그분이 누군데요?"

"에메랄드 하이츠 고등학교의 미술 선생님이셔. 심화반에 참가할 학생을 찾고 있는 중이지."

나는 최대한 냉정하고 침착하게 보이려 애썼지만 이미 양쪽 귀가 새빨개졌다.

"아, 네. 그렇군요."

"다음 주 목요일에 대강당에서 오디션을 치를 거야."

"입학시험 같은 건가요?"

선생님이 웃음을 터뜨렸다.

"뭐, 어느 정도는 그렇다고 할 수 있지. 게일 선생님께 네 실력을 보여 드릴 기회가 되겠구나."

"앗싸!"

선생님과 내가 교실로 다시 돌아왔을 때 스티븐은 다짜에게 크레용을 집어던지고 있었다. 그걸 본 치암파 선생님이 결국은 폭발하고 말았다.

"스티븐 카니잘레스! 이거 전부 다 정리해!"

반 아이들은 음악이 멈추면 의자를 먼저 차지하는 게임을 하는 것처럼 일제히 자기 자리에 앉았고 스티븐은 네 발로 엎드린 자세로 교실 안에 굴러다니는 크레용을 주워 담았다. 시계를 보니 수업이 끝나기 5분 전이었다. 어서 집으로 돌아가 게일 선생님에게 보여 줄 그림을 그리고 싶어 손이 근질거렸다.

그때 맨디가 얼굴을 묘하게 찡그리며 내게 다가왔다.

"코너드, 저기 너희 엄마 오셨어."

정말로 엄마가 교실 뒤편 준비실에서 내 가방의 지퍼를 닫고 있었다. 갑자기 속이 울렁거리기 시작했다. 벨이 울리고 모든 아이들이 엄마 앞을 지나쳐 밖으로 나가자 그제야 엄마가 한쪽 구석에 있는 선생님 책상을 향해 서서히 걸어갔다. 꼭 먹잇감 사냥에 나선 호랑이 같았다.

"안녕하세요, 감파 선생님."

감파 선생님이라니? 다행히도 선생님은 엄마를 '왱 여사'라고 부르지 않았다. 선생님은 쓰고 있던 일지를 접고 펜 뚜껑을 제자리에 꽂으며 여기저기 흩어진 종이들을 정리했다. 지금 선생님의 모습은 바쁜 척하는 스티븐의 모습과 왠지 흡사했다.

"어머, 코너 어머니. 안녕하세요. 여긴 어쩐 일이세요?"

"코너가 학교에서 잘하고 있나요?"

엄마는 바로 코앞에 있는 나를 투명인간 취급했다. 치암파 선생님은 활짝 웃으며 마치 내 성적표에 적힌 멘트를 읽는 것 같은 목소리로 대답했다.

"코너는 정말 훌륭한 학생이죠. 숙제도 꼼꼼하게 해 오고 질문에도 잘 대답하고······. 게다가 그림에도 재능이 있어요."

워워! 저건 내 성적표에 있는 멘트가 아닌데.

"코너, 네 작품들을 좀 보여 드리지 그러니."

오, 선생님, 제발. 엄마한테 스케치북을 보여 드릴 순 없어요. 사물함으로 걸어가 책과 종이 뭉치들을 마구 휘젓다가 아까 그린 다짜의 사자 초상화를 발견했다. 눈을 부릅뜨고 바라보는 엄마의 시선에 용맹스럽던 나의 사자는 순식간에 아기 고양이로 둔갑해 버리고 말았다.

"코너는 좀 있으면 특목고 시험을 봐야 해요. 시험을 위해 만반의 준비를 해야 할 때죠."

치암파 선생님의 시선이 책상 위 달력으로 향했다.

"네, 알고 있습니다. 3월 21일이네요."

엄마는 이미 집에 있는 달력에 두꺼운 빨간 매직펜으로 동그라미를 쳐 두었다. 내 눈에는 그 동그라미가 거대한 뽀루지처럼 보였다.

"웹사이트에 올라와 있는 모의고사를 참고하면 도움이 될 거예요."

"그건 이미 작년에 다 했어요. 뭐 다른 건 더 없을까요?"

치암파 선생님의 미소가 아까보다 힘이 없어 보였다.

"그럼 심화학습 참고서를 구입해 보세요. 거기 나온 문제들은……."

"그것도 작년에 다 보았답니다."

어느 서점이건 엄마가 한번 훑고 지나갔다 하면 참고서란 참고서는 모두 씨가 말랐다.

선생님의 얼굴이 딱딱하게 굳었다. 치암파 선생님이 말을 더듬는 이 광경을 스티븐이 봤다면 난리가 났을 텐데. 나는 위기에 처한 선생님을 구하기 위해 엄마의 팔을 잡아당겼다.

"그 정도 했으면 충분히 준비한 거라니까."

"넌 영재반 시험 볼 때도 그렇게 말했어. 어떻게 영재반 시험에서 두 번이나 떨어질 수가 있니!"

비웃는 목소리였다. 결국 나는 쿵쾅거리며 교실을 뛰쳐나가고 말았다. 계단 꼭대기에 있던 텅 빈 주스 팩을 발로 마구 짓밟자 남아 있던 주스 몇 방울이 바지에 튀었다. 엄마는 항상 이런 식으로 내 실수들을 끄집어냈다. 마치 지갑 속에 들어 있는 아기 때 사진을 수시로 꺼내 보듯이.

난 한 번도 엄마의 실수에 대해 저런 식으로 언급한 적이 없다. 예를 들어 엄마가 태극권을 배우러 갈 때 운동복 바지를 뒤집어 입고 갔어도 말이다. 제발 엄마가 내 모든 실수 파일들을 휴지통으로 옮기고 휴지통 비우기를 해줬으면 좋겠다.

엄마가 교실 안쪽에서 손짓하며 나를 불렀다.

"치암파 선생님께서 고등학교 과제물을 몇 개 주신대."

"아, 엄마, 제발 좀!"
잔뜩 짜증 섞인 목소리로 대꾸했다.
"어려운 문제들로 몇 개 골라 봤다."
산 넘어 산이다. 어떻게 해야 엄마의 감시를 벗어날까? 학교에서마저 엄마에게 도청당한다면 마음껏 그림 그릴 곳이 없어진다. 그건 진정한 나의 모습을 찾을 방법이 없어진다는 뜻이기도 했다.

18

 골이 땡해지는 철자법 수업을 마치고 난 오후, 밴 선생님네 집 근처에서 스티븐과 만났다. 수업 시간 내내 한 일이라곤 단어 맞춤법을 배우는 것뿐이었다. 부모님을 흡족하게 만드는 동시에 모두를 헛갈리게 만드는 길고 긴 단어들 말이다. 부모님 차에 오르는 아이들을 보며 스티븐은 자신의 에스보드에 올라탔다.
 "야, 너는 왜 항상 과외수업을 받는 거야? 그냥 단지 공부벌레들의 모임 말고, 혹시 뭐가 더 있는 거야?"
 스티븐의 질문은 내가 오후 내내 머리를 싸매고 씨름했던 문제들보다 훨씬 더 어려웠다. 그냥 중국적인 전통이라고 말해 줄 수도 있었다. 엄마는 어린 시절 새벽 여섯 시부터 밤늦게까지 공부를 해야 했고 다른 학생들 역시 마찬가지였으니까.
 "우리 집에선 학교 성적이 꽤나 중요하거든. 내가 만약 특목고에 가게 된다면 그건 엄청나게 성공했다는 걸 의미하니까."

"엘레나도 그런 소리를 하던데. 자기는 정치인이 되고 싶다나. 어쩌면 나중에 이 나라 총리가 될지도 모르지. 그럼 난 근육을 좀 더 키워서 특별 경호원이나 해야겠어."

스티븐이 보드 위에서 킥플립*을 하며 말했다.

"엄마랑 친척들은 내가 왕 씨 집안을 일으켜 주길 바라. 그래서 난 열심히 공부를 해야 해."

"여기, 세계적인 만화작가, 코너 왕을 소개합니다!"

스티븐이 영화 예고편 성우 같은 굵은 목소리로 외쳤다.

그 말을 듣는 순간 무언가 짜릿한 전율이 느껴졌다. 내가 유명해진다면 가문의 영광 같은 건 트럭째 따라올 텐데.

엄마에게는 오늘 오후에 머리를 자르러 간다는 말 대신 도서관에서 공부할 거라고 미리 말해 두었다. 지금 도서관 옆을 지나가고 있으니까 완전히 거짓말은 아니었다. 이건 엄마에게 진정한 나를 보여 주기 위한 장기적인 계획의 일부이기도 했다.

새시 라인 헤어샵에서 로셸을 만났다. 로셸은 꼬불꼬불하게 컬이 진 금발을 어깨 아래까지 늘어뜨리고 있었다. 이래서 스티븐이 매주 머리를 자르는 거였군.

"네가 코너구나."

로셸의 목소리에는 고양이처럼 애교가 섞여 있었다.

---

*스케이트보드 기술 중 하나로, 보드와 몸을 공중에 띄운 상태에서 앞선 발의 발가락 쪽을 이용해 보드에 360도 회전을 주는 기술.

"이쪽으로 들어오렴."

헤어샵은 기괴한 스타일의 쿠키를 찍어 내는 부엌 같았다. 머리를 선데이 아이스크림처럼 감아올려 클립으로 고정한 여자는 마무리로 설탕 장식을 뿌려 주어야 할 것 같았다. 나는 아래쪽에 파인애플을 몰래 숨긴 것처럼 머리가 잔뜩 부풀어 오른 여학생 옆자리에 앉았다.

내 머리는 여기저기 삐죽삐죽 튀어나온 모양이 엉망진창 그 자체였다. 나는 치암파 선생님이 벗으라고 하지 않는 한 실내에서도 모자를 쓰곤 했다. 로셀은 내 머리를 보고도 냉정하고 침착했다. 이 가게 어딘가에 '쿨해지는 약 자판기'라도 있는 모양이었다. 나도 한 박스 살 수 없을까.

"음, 머리카락이 정말 굵고 뻣뻣하네."

로셀이 손가락 사이로 내 머리를 잡으며 앞으로 쭉 당겼다가 아래로 다시 잡아 내렸다.

"일단 이 앞머리부터 좀 정리해야겠다. 그러고 나서 뒷부분을 자연스럽게 잘라 줄게. 어때, 그렇게 해도 되겠어?"

"네, 좋아요. 그렇게 해주세요."

로셀은 정말로 밝고 쾌활했다. 설령 내 머리에 불을 붙인다고 해도 나는 로셀에게 별 다섯을 줄 테다.

안경을 벗자 로셀이 나를 샴푸실로 데리고 갔다.

"유기농 페퍼민트 샴푸로 머리 감겨 줄게."

손바닥에 샴푸를 쭉 짜내서 찰흙 주무르듯 머리를 마사지하자 내 머리카락들이 일제히 풍선껌을 씹는 것 같았다. 오후 내내 머릿속에 집어넣었던 길고 긴 단어들이 귀를 통해 술술 빠져나오는 느낌이었다. 머리를 감고 다시 자리에 앉자 내 꼬락서니는 꼭 물에 빠진 생쥐처럼 보였지만 기분만큼은 해파리처럼 말랑말랑해져 있었다.

로셸이 가위와 빗을 집어 들었다.

"자, 이제 멋지게 변신을 해볼까."

일단 싹둑, 조금 자르고 나더니 한 발짝 뒤로 물러서서 길이를 체크했다. 이런 식으로 조금씩 머리카락을 잘랐는데 아마 자신의 헤어디자이너 역사상 가장 오랜 시간 커트를 하지 않았을까 싶었다. 마침내 가위질이 모두 끝나자 현란한 손놀림으로 왁스를 발라 앞머리에 웨이브까지 만들어 주었다. 스티븐이 보고 있던 잡지를 내려놓으며 말했다.

"우아, 로셸, 정말 눈이 핑핑 돌아갈 정도예요!"

다시 안경을 썼다. 내가 나를 그려도 이렇게까지 멋지게 그릴 자신은 없었다.

"이게 최신 스타일인데, 다행히 너한테 정말 잘 어울린다."

지갑에서 20달러짜리 한 장을 꺼내 카운터에 내밀었다.

"45달러야."

로셸이 왁스를 잔뜩 발라 놓았기에 망정이지 안 그랬으면 머리카락이 다 떨어져 나갈 뻔했다.

"할인받기로 했는데요?"

"그게 할인된 가격이야."

내 지갑이 텅 비고 나자 로셸은 초록색 왁스통을 하나 꺼내 봉투에 넣어 주었다.

"이거 가져가렴. 선물이야."

"고맙습니다. 나중에 또 올게요."

"거봐. 내가 뭐랬어. 로셀이 최고라고 했잖아. 이제 나랑 어디 좀 가자. 너한테 보여 주고 싶은 게 있어."

손목시계를 보았다. 10분 안에 집에 가서 독해와 일반상식 모의고사 준비를 해야 했다. 엄마는 평소에도 우리 집 주방이 시험장인 것처럼 연습하길 바랐다. 그래야 진짜 시험에서 제대로 시간에 맞출 수 있을 거라며. 심지어 우리 집엔 스톱워치와 그 밖에 시험에 필요한 물건들까지 전부 다 있었다.

"새시 라인 헤어샵에 사람이 너무 많아서 기다리느라 늦었다고 해."

굉장히 좋은 생각이긴 했지만 엄마는 내가 여기 온 사실조차 모른다는 게 문제였다.

"가자, 슬러시 한 잔 사줄게. 물론 작은 컵으로."

우아, 나는 학교에서 스티븐이 그 누구에게도 슬러시 사주는 걸 본 적이 없다. 다짜에게 빚진 슬러시는 너무 많아서 슬러시 기계를 통째로 사줘야 할지도 몰랐다.

"그래, 좋아. 하지만 거기 들렀다가 곧장 집으로 가야 해."

"나만 믿어. 분명 너도 좋아할 거야."

우리는 편의점에 들어가 슬러시 두 잔을 사 들고 메인 스트리트 쪽으로 걸어갔다. 집과 학원 숙제와는 점점 멀어지는 방향이었다. 저 멀리 길 끝에 밝게 빛나는 간판을 내건 가게가 보였다.

"웰컴 투 팬텀 존!"

스티븐이 어깨를 으쓱하며 외치더니 에스보드를 문 옆에 세우고 안으로 들어갔다.

오, 마이, 갓. 만화책 가게라니! 내가 아는 만화책 가게라곤 심슨 애니메이션과 만화책 속에서 본 게 전부였다. 이 가게 점원은 심슨에서 본 것과는 다르게 어딘지 소심해 보이긴 했지만. 카운터에 서서 「스파이더맨」을 읽고 있던 점원은 엑스레이로 투시하는 것처럼 우리를 뚫어져라 쏘아보았다.

"가방은 문 옆에 두고 와라."

나는 점원에게 가방 안을 보여 주었다.

"교과서만 잔뜩 들어 있어요."

"그게 규칙이야."

스티븐의 에스보드 옆에 가방을 내려놓자 점원은 다시 「스파이더맨」을 읽기 시작했다.

"내가 하는 거 잘 봐."

스티븐이 내 귀에 대고 속삭이더니 헛기침을 한 번 했다. 그러고 나서 짐짓 교양 있어 보이는 목소리로 점원에게 물었다.

"혹시 「불타지 않는 기사단」이라는 만화책 있나요?"

"처음 들어 보는데."

소심해 보이는 직원이 대답했다.

"그게 아직 완결이 안 됐거든요. 얘가 바로 「불타지 않는 기사단」의 작가, 코너 왕이에요."

"어…… 그게…… 진짜예요. 〈드래곤 윙스〉랑 비슷한 건데, 거기에서처럼 용을 타고 다니지는 않고, 음…… 드래곤을 죽여야 해요."

"완결되면 한번 가지고 와봐. 우리 가게에 인디 작가 섹션도 있거든."

"인디 작가요?"

"독립적인 작가들 말이야. 네 친구 코너처럼. 우리가 대신 작품을 팔아 줄 수도 있어."

스티븐이 나에게 달려들어 하이파이브를 했다.

"야, 너 이제 진짜 만화가가 되는 거라고. 저 안쪽에 일본 만화 보러 가자."

스파이더맨을 닮은 나의 찌질한 감각은 이미 제정신이 아니었다. 어서 빨리 엄마가 이 사실을 알아야 할 텐데. 내가 우리 집안 최초의 아티스트가 될 거란 확신이 들었다. 알록달록한 책등을 이리저리 만지다가 「드래곤 윙스」 최신판을 뽑아 들었다. 이 책을 손에 쥐어 본 건 처음이었다. 동네 도서관에서 사람들이 항상 훔쳐 갈 만큼 인기 있는 책이었다.

스티븐이 불쑥 물었다.

"너 집에 만화책 한 권도 없지? 야, 그건 좀 심했다."

다른 책도 몇 권 더 보고 있는데 점원이 앞쪽에서 외쳤다.

"얘들아, 10분 있으면 문 닫아야 돼."

카운터를 지나 문 밖으로 막 나가려는데 점원이 내게 말을 걸었다.

"난 크리스라고 해."

"고마워요, 크리스. 다음에 또 올게요."

"오늘 헤어스타일 멋지다."

스티븐이 자신의 휴대전화를 꺼내 들며 물었다.

"집에 전화할래?"

"아냐, 괜찮아."

더 이상 엄마를 화나게 하고 싶진 않았다. 지금도 충분히 제정신이 아닐 텐데…….

나는 에스보드를 타고 가는 스티븐 옆에서 뛰기 시작했다.

"오늘 같이 와줘서 고마워. 지금껏 내 친구 중에 만화를 좋아하는 애들은 없었거든. 너도 알다시피 다짜는 운동만 하고 엘레나는……."

"고맙긴. 거긴 진짜 굉장했어, 친구."

스티븐은 언제나 인기가 많은 아이라고 생각했었는데 이제 보니 친구가 몇 없기는 나와 마찬가지였다.

"저쪽 길 끝까지 경주하자!"

"넌 보드 타고 있잖아."

"10초 뒤에 시작한다."

"그렇지만 난 달리기에……."

"십, 구, 팔……."

나는 스티븐을 보며 웃고 나서 있는 힘껏 내달리기 시작했다. 우리 둘은 전투에 함께 뛰어든 '불타지 않는 기사단'이었다.

19

현관문 밖에 서서 왁스로 삐죽해진 머리 위에 교과서들을 올려놓고 중심을 잡는 중이다. 생각했던 것보다 어려웠다. 게다가 목덜미에 떨어진 머리카락 때문에 가려워 미칠 지경이었다. 조심스럽게 문을 살짝 열고 좁은 틈 사이를 비집고 들어갔다.

스토브에서 무언가 지글거리고 있었는데 아마도 닭고기인 것 같았다. 지금 잡히면 내가 저 닭고기 꼴이 될지도 모른다. 조용히 문을 닫고 나서 거실로 살금살금 숨어들었다. 한시라도 빨리 샤워를 하고 싶었다.

갑자기 뒤에서 퍽, 하는 소리와 함께 나는 바닥에 나뒹굴고 말았다. 엄마가 내 콧구멍 바로 앞에서 빗자루를 휘두르고 있었다.

"집에 강도가 들어온 줄 알았잖아. 그런데 누가 머리를 그 지경으로 자르라고 했니?"

"아니, 그게 말야, 내 친구 삼촌이 헤어디자이너라고 해서."

체포된 강도처럼 양손을 번쩍 들고 대답했다.

"그래서 공짜로 잘라 주셨어. 어때? 멋있지 않아?"

"전혀. 그런데 친구 누구?"

"어, 스티븐이라는 애야."

주섬주섬 바닥에서 일어나자 엄마는 빗자루로 내 등을 쿡쿡 찔렀다.

"어서 가서 씻고 내려와."

서둘러 샤워를 하고 식탁에 앉아 젓가락을 연필처럼 쥐었다.

"오늘 늦어서 미안해. 저녁 먹고 나서 바로 모의고사 준비할게."

엄마는 닭고기와 야채 볶음을 접시에 담았다.

"밴 선생님이 말씀하셨던 게 바로 이런 거야. 친구들이 공부에 방해가 될 수 있다고. 스티븐이라는 이름은 처음 들어 보는데, 새로 전학 온 애니?"

스티븐이라는 이름을 엄마가 처음 들어 보는 건 너무나 당연했다.

"아니. 맨디도 아는 애야."

엄마는 땅이 꺼져라 한숨을 내쉬었다.

"공부에만 집중하도록 해."

"응, 알겠어."

브로콜리를 씹던 엄마가 무언가 생각난 듯 말했다.

"로지 이모한테 보낼 사진 좀 새로 찍어야겠다."

"아, 중국 춘절이구나."

내일이면 아빠와 할머니, 그리고 할아버지가 모두 모이겠군.

"그래, 조상님들이 복을 내려 주실 거야. 네가 의사가 되는 긴 여정의 시작이지."

그놈의 의사. 또 시작이다. 내가 지금 여기서 아무 말도 하지 않으면 엄마는 진짜 의사 가운을 생일 선물로 사 올지도 모른다.

"의사가 되면 뭐가 그렇게 좋은데?"

물론 의사가 되면 패들 팝 아이스크림과 롤리 팝 정도는 평생 먹을 수 있겠지. 하지만 그게 뭐라고.

"중국에선 의사라고 하면 왕처럼 대접받아. 전 세계를 돌아다니며 일할 수도 있고."

"그런데 있잖아. 혹시 다른 직업을 가지면 안 돼?"

나는 절벽 끄트머리에 매달린 사람처럼 식탁을 꽉 움켜쥐고서 물었다. 아주 오랫동안 아빠에게도 해왔던 질문이다.

"물론 되고말고."

이럴 수가! 당장 의자를 박차고 뛰쳐나가 스케치북을 가져오고 싶었다. 나의 드래곤과 기사들은 엄마와 나누는 화해의 악수를 고대하고 있었으니까.

"변호사나 회계사를 하면 된단다."

재빨리 머릿속 생각들을 싹싹 지웠다. 엄마는 천장 조명 쪽으로 젓가락을 들어 올리며 덧붙였다.

"돈을 많이 벌 수 있는 직업을 가져야 해. 그게 바로 가문의 영광과 우리 모두를 위한 최선의 방법이야."

이제야 모든 게 이해됐다!

"알겠어. 고마워, 엄마. 이제 기도를 드릴 때 어떤 소원을 빌어야 할지 분명히 알았어."

손이 근질근질했다. 어서 스케치북을 펼치고 나만의 여정을 시작하고 싶었다. 유명한 데다가 돈까지 잘 버는 아티스트가 되어야 하니까.

20

우리 가족에게 춘절은 매우 큰 행사다. 이날 좋은 기운을 받으면 한 해를 무사히 지낼 수가 있다. 거실은 온통 붉은색과 오렌지색으로 뒤덮였고 글라디올러스는 커다란 푸른색 대리석 꽃병에 제법 잘 어울렸다. 어서 꽃들이 활짝 피어나길 간절히 바랐다. 그래야 재수 좋은 일들이 많이 생길 테니. 로지 이모에게서 막 도착한 편지에는 내가 좋은 성적을 받길 기대한다는 이야기가 쓰여 있었다. 엄마는 벽에 빼곡하게 걸려 있는 성적표와 상장들 틈을 비집고 이모의 편지를 붙였다.

친척들과 함께 명절을 지내기 위해 엄마는 오리와 닭을 통째로 한 마리씩 샀다. 좀 이상했다. 친척들은 여기 없는데 말이다. 나는 오리와 닭 요리를 들고 커피 테이블로 갔다. 옆에는 찐 야채와 밥이 담긴 그릇이 놓여 있었고 엄마는 오렌지와 귤이 담긴 접시를 들고 있었다.

"사탕 그릇도 가져오렴."

팔각형 접시를 살짝 흔들어 한쪽에 놓은 다음 엄마에게 물었다.

"가서 트리 확인해 봐도 돼?"

엄마가 고개를 끄덕이자 거실 한쪽에 서 있는 새해 트리로 다가갔다. 바싹 마르고 가지가 듬성듬성했지만 얼추 크리스마스트리 비슷한 모양이었다. 일반적으로 새해 트리엔 가족들이 매달아 놓은 붉은색 봉투들이 걸려 있기 마련인데, 우리 집엔 엄마와 나 둘뿐이니 안에 들어 있는 돈은 전부 엄마가 넣어 둔 것들이었다. 집안에 돈이 풍성해지길 기원하면서 말이다. 정말로 나무에서 돈이 열리는 줄만 알았던 어린 시절엔 마당에 1달러짜리 동전을 심은 적도 있다. 트리 곁을 알짱거리면서 내 중국 이름이 적혀 있는 봉투를 찾았다.

"우아!"

"그래, 네 라이씨*를 찾았구나. 잘 보관하렴."

트리에서 봉투를 떼어 낸 다음 엄마에게 머리를 숙여 중국식으로 인사했다. 중국어로 하는 신년 인사는 아직 기억하고 있었다.

"꽁시파차이."**

엄마가 작은 찻잔에 팔팔 끓는 차를 따랐다.

"이제 새롭게 시작하는 거야, 왕캉루이. 공부 잘해서 좋은 성과 있기를 엄마가 기도할게."

엄마는 매우 진지할 때만 내 중국 이름을 불렀다.

---

*우리나라의 세뱃돈처럼 중국에서도 춘절에 붉은 봉투에 담긴 복돈을 주는 풍습이 있다. 중국어로는 홍빠오(紅包)라고 하고, 광둥어로는 라이씨(利是)라고 한다.
**"恭喜發財" 원래는 '돈 많이 버세요'라는 뜻이지만 일상적으로 신년이나 명절에 하는 인사말이다. 우리나라 말로는 '운수대통하세요' 정도가 된다.

"응, 엄마."

나의 첫 번째 기도는 특목고에 합격해서 가문을 빛내는 거였고 그다음은 엄마의 건강이었다. 사람들이 주위에서 그토록 끊임없이 재채기와 기침을 해대는데도 언제나 끄떡없는 엄마가 신기했다. 엄마는 그 이유가 자신이 매일 마시는 중국식 허브티 때문이라고 굳게 믿었다. 로지 이모의 돈을 다 갚고 이모를 이곳으로 초대할 수 있도록 돈을 많이 벌게 해달라는 기도도 했다. 의사가 되게 해달라는 기도는 하지 않았다. 아마 아티스트가 되어도 그 정도는 할 수 있을 것 같았다.

음식은 한 시간쯤 탁자에 놓인 그대로 두었다. 나는 친척들이 전부 모여 앉아 이 음식을 모조리 먹어 치우는 장면을 상상했다.

엄마가 꽃병을 보며 얼굴을 찌푸렸다.

"아직 꽃이 피지 않았네."

우리가 혹시 글라디올러스가 아닌 '사디올러스'*를 잘못 산 건 아닐까. 엄마는 지금 이 순간 곁에 없는 로지 이모를 그리워하고 있을지도 모른다. 나는 가만히 엄마의 팔을 잡았다.

"조금 기다려 보자."

그때 현관문에서 경쾌한 노크 소리가 들렸다. 문을 열자 맨디가 엄마와 함께 서 있었다

"헤이, 코너!"

맨디는 자기 엄마와 함께 있을 땐 나를 코너드라고 부르지 않았다. 트

---

*가짜 글라디올러스라는 의미로 작가가 만들어 낸 말.

랜 부인은 좀 더 짧은 머리와 좀 더 통통한 볼만 빼면 꼭 맨디의 나이 든 버전을 보는 것 같았다.

"트랜 부인, 안녕하세요."

맨디 엄마가 웃으며 베트남어로 인사했다.

"쭉 뭉 남 머이."*

엄마는 음식 나눠 먹는 걸 정말 좋아했다. 우리 집 오리와 닭은 찹쌀과 고기를 바나나 잎에 싼 반쩌이 한 봉지와 교환했다. 이렇게 음식을 나누게 된 건 참으로 다행이었다. 저 오리와 닭을 다 먹으려면 아마 일주일은 걸릴 테니까. 음식을 나누는 건 우리의 행운을 함께 나눈다는 의미도 있었다.

맨디의 눈길이 줄곧 내 머리만 쫓고 있었다. 혹시 헤어 젤 냄새라도 맡았나? 달팽이 한 마리가 머리를 스멀스멀 기어 다니는 기분이었다.

"왜? 내 머리 돌연변이 같아?"

"멋져. 그렇게 하니까 훨씬 나아 보여."

나는 손가락으로 안경을 가리키며 대답했다.

"이게 없다면 훨씬 더 나을걸."

"안경은 뭐 괜찮아."

어쩌면 맨디도 안경을 써야 할 때가 됐나 보다. 콘택트렌즈를 끼고 안경을 벗어 버리면 내 걸 줘야겠다.

"엄마, 맨디네 집에 가도 돼?"

---

*베트남어로 '새해 복 많이 받으세요'라는 뜻.

"물론이지. 음식도 좀 가져가렴."

"잠깐만. 방에서 뭐 챙겨 갈 게 있어."

맨디네 집 거실도 우리 집과 마찬가지로 온통 꽃과 과일 천지였다. 다만 베트남식 설날 장식은 붉은색이 아닌 노란색이었다.

"너도 봉투 받았어?"

"응, 난 제이슨 보보 콘서트 가려고 돈 모으는 중이야."

맨디는 노란 꽃과 붉은 봉투로 장식한 새해 트리로 다가가며 말했다.

"너도 우리 집 꺼이 네우* 에 뭐라도 달아 볼래? 빈 봉투도 상관없어."

"잠깐 기다려. 내가 2달러 가져왔어."

트리 아래 놓인 단지에서 붉은 봉투를 꺼내 나무에 묶었다.

"그리고 이거 같이 달아도 될까?"

불타지 않는 기사로 변신한 작은 크기의 맨디 그림이었다. 우리 집 트리를 내 그림으로 장식하는 건 절대로 불가능하니까. 왼쪽으로 휘몰아치는 앞머리를 하고 있는 그림 속 맨디는 스티븐보다도 훨씬 터프해 보였다.

"물론이지. 네 그림이 우리 모두에게 행운을 가져다 줄 거야. 그리고 나를 공주로 그리지 않은 건 정말 잘한 짓이야."

맨디가 내 어깨 위로 한쪽 팔을 걸쳤다.

"너는 올해 행운의 아티스트가 될 거야."

나는 트리에 그림을 걸며 마음속으로 소원을 빌었다.

*베트남에서 크리스마스트리처럼 신년에 각종 장식물을 다는 새해 트리.

"고마워, 맨디. 나는 설날의 네가 좋아."

왼쪽 귀를 만지며 맨디가 시선을 피했다.

"그래? 왜?"

"왜냐하면 오늘은 나한테 주먹을 날릴 수 없으니까."

씩 웃으며 맨디가 마지막으로 한마디했다.

"어디 내일만 돼 봐."

껑충껑충 뛰면서 집으로 돌아오는 길에 트랜 부인과 마주쳤다.

"음식 가져다 줘서 고맙다, 코너."

"별말씀을요."

집에 돌아오자 엄마는 글라디올러스 주위를 빙빙 돌며 춤을 추고 있었다.

"꽃이 피었단다!"

엄마의 말에 나도 줄에 매달린 꼭두각시 인형처럼 팔을 이리저리 흔들며 함께 춤을 추었다. 맨디 말이 맞았다. 올해는 나에게 행운의 한 해가 될 것 같다.

21

 스티븐과 나는 「핫 스팟」 매거진 회의에 참석하기 위해 도서관으로 들어섰다. 거기엔 「핫 스팟」 리포터들이 전부 모여 있었고 그 가운데 토리도 있었다. 나를 보자 토리가 자리에서 일어나 손을 흔들었다.
 "안녕, 코너. 오늘 머리 멋진데."
 아무리 들어도 질리지 않는 말이었다. 더군다나 토리 입에서 나오는 말이라면. 로셀은 정말 대단하다. 괜히 앞머리를 한번 매만지며 나도 토리에게 말을 걸었다.
 "네가 좋아할 줄 알았어."
 "정말? 어떻게?"
 "음, 실은 그냥 찍었어."
 토리가 킥킥거리며 웃었다.
 "코너, 너도 게일 선생님 오디션 워크숍에 갈 거지?"
 "물론이지! 우리 둘 다 붙었으면 좋겠어."

엘레나와 블레이크는 루비 교장선생님과 이야기를 나누고 있었다. 블레이크는 또 다른 학생회장이었지만 그냥 둘을 합쳐 엘레나가 회장이라고 보는 편이 맞았다. 내가 회장 선거에서 떨어지자 엄마는 몹시 실망했었다. 학교를 좀 더 나은 곳으로 만들겠다는 나의 연설은 아무짝에도 쓸모가 없었다. 블레이크는 기가 막힌 랩으로 모든 아이들을 열광시켰고 심지어 나조차도 블레이크에게 한 표를 던질 정도였다.

블레이크와 스티븐은 졸린 노숙자들처럼 서로를 향해 구시렁거리고 있었다. 블레이크를 향해 손을 흔들자 도대체 쟤가 뭐하는 거지, 하는 눈빛으로 나를 바라보는 바람에 얼른 손을 휘저으며 파리 쫓는 시늉을 했다.

"코너, 치암파 선생님한테 귀가 닳도록 들었단다. 너한테 그동안 꼭꼭 숨겨 왔던 엄청난 재능이 있다면서? 도대체 누가 상상이나 했겠니?"

네, 맞아요. 누가 제 상상을 했겠어요.

"게일 선생님 오디션은 정말 기대돼요."

"그래, 정말 대단한 계획을 하고 계시지."

선생님은 한 손을 가슴에 올려놓으며 덧붙였다.

"그렇지만 지금은 많은 걸 얘기해 줄 수가 없구나."

내가 무언가 꼬치꼬치 캐묻기 전에 루비 선생님은 자리를 빠져나갔다. 왠지 게일 선생님의 아트 스튜디오엔 내가 제일 먼저 합격해야 할 것 같다.

엘레나가 회의를 시작했다. 엘레나는 그동안 발행되었던 「핫 스팟」 매거진들을 전부 불살라 버릴 기세였다.

"올해부터는 「핫 스팟」을 정말 흥미진진하게 만들 거야. 블레이크, 작년에 제일 잘 팔린 이슈가 뭐였는지 알아?"

"학교에 들어온 개 때문에 전교생이 강당으로 대피했던 사건이었지."

스티븐이 웃으며 맞장구를 쳤다.

"나도 기억나. 그 개 정말 엄청나게 컸어."

리포터 몇 명도 한마디씩 거들었다.

"이빨은 또 얼마나 날카로웠다고."

"맞아, 유치원 애들 몇 명은 바지에 오줌도 쌌잖아."

"나는 막대기로 그 개를 찔렀었다고."

"아무튼 우리는 코너의 만화를 연재하기로 했어."

엘레나가 고개를 절레절레 저으며 말했다.

"뭐라고? 혹시 분수나 소수점에 대해 설명하는 만화는 아니지?"

블레이크의 말에 액자 받침처럼 내 스케치북을 들고 있던 스티븐이 표시한 페이지들을 넘기기 시작했다.

"이것 좀 봐."

첫 페이지에는 「불타지 않는 기사단」 다섯 명이 각각 네모 칸 안에 그려져 있었다. 스티븐의 캐릭터도 터질 듯한 근육이 볼 만했지만, 그중에서 가장 강력한 건 바로 맨디였다. 모든 캐릭터에는 나만의 만화 스타일이 녹아 있었다. 머리는 동글동글하고 귀여운 데다가 튀어나올 것 같은 커다란 눈, 그리고 꼬불꼬불한 머리카락까지. 필통이나 열쇠고리에서 한 번쯤은 봤을 법한 그런 캐릭터였다.

스티븐은 이야기가 실감 나도록 천천히 페이지를 넘겼다. 드래곤 일당과 싸움을 앞둔 「불타지 않는 기사단」이 자신의 갑옷을 바비큐 그릴이나 히터에 시험하는 장면이 나오자 리포터들도 의자에서 일어나 내 스케치북 앞으로 바싹 다가오기 시작했다.

"얘 엉덩이가 타고 있네. 진짜 잘 그렸는데."

블레이크의 말에 엘레나가 곧바로 반응했다.

"좋았어. 이 만화 아주 그럴듯해! 이거 교무실 가서 복사 좀 해야겠다."

회의가 끝나고 스티븐과 나는 교실까지 일부러 먼 길로 돌아갔다. 스티븐이 내 대신 스케치북을 들고 있다니, 믿을 수가 없었다. 작년이었다면 분명 스케치북을 찢어 그걸로 비행기를 날렸을 텐데. 지금 스티븐은 내 그림의 열렬한 팬이 되어 있었다.

"나도 너처럼 그림 그리는 재주가 있었으면 좋겠다."

"그렇게 어려운 거 아니야. 나도 집에서 계속 연습했을 뿐이야."

텔레비전과 인터넷이 없는 세상에는 정말 깜짝 놀랄 만큼 시간이 많았다. 내가 얼마나 노력했는지 알게 된다면 엄마도 분명 그림 그리는 걸 허락해 줄 텐데.

"혹시 나한테도 가르쳐 줄 수 있어?"

수학을 가르치는 것보다야 그 편이 훨씬 낫겠지.

"수업 시간에 같이 그리면 되겠다."

"과제물부터 먼저 끝내거라."

내가 치암파 선생님의 허스키한 목소리를 흉내 내자 스티븐이 낄낄거리며 대꾸했다.

"나보고 찌질이가 되란 말이야?"

"너는 안경을 써도 멋있을 거야."

"그나저나 네 생일 파티는 언제 할 거야?"

내 생일은 특목고 입학시험 나흘 전이었다. 아마 그때쯤이면 모의고사 시험지 속에 빠져 죽었을지도 모른다.

"나는 시험 준비해야 하잖아."

톡 쏘는 고추냉이를 한 수저 먹은 것 같았다. 속에서 왈칵 눈물이 쏟아질 것 같았다. 스티븐이 눈썹을 올리며 물었다.

"너희 엄마 무서우시냐?"

"뭐, 어느 정도는. 나는 엄마 말은 무조건 들어야 해."

"그래도 엄마한테 물어보기라도 해봐. 꼭 파티를 해야 하는 건 아니잖아. 볼링을 치러 갈 수도 있고 타임존에서 같이 게임을 해도 되고. 그래야 생일 선물도 받지."

헉, 스티븐이 선물로 뭘 가져올까. 그걸 보기 위해서라도 파티를 해야 할 이유는 충분해 보였다.

22

다시 과외수업 시간. 밴 선생님이 몸을 푸는 중이다. 걸어 다닐 때마다 관절에서 뚝, 뚝, 소리가 났다.

"오늘은 작문 수업을 할 거다."

드디어 왔구나! A, B, C, D 중에서 답을 고르지 않아도 되는 날이 마침내 오고야 말았다. 뭐든 내가 원하는 대로 쓰면 된다.

"흔히 이 과목은 미리 준비할 수가 없다고들 하지."

그러니까요. 바로 제 말이 그 말이에요.

"하지만 내겐 방법이 있다."

밴 선생님은 파일을 꺼내 아이들에게 프린트를 나눠 주었다.

"이걸 읽고 공부해라. 물어보는 주제는 항상 똑같거든. 이를테면 명절이나 가족 같은……."

'난 이미 다 알고 있어'라고 말하는 것 같은 밴 선생님의 저 표정은 꼭 비디오 게임을 할 때 사용하는 치트키*같았다.

"올해의 주제는 여러분의 미래다."

그럴 리가. 소름이 쫙 끼쳤다. 어떻게 이런 걸 미리 알아낼 수 있지? 혹시 밴 선생님은 밤이 되면 얼빵한 제임스 본드로 변신이라도 하나? 그럼 여러 사람 다칠 텐데.

"이건 사기야."

내가 중얼거리자 밴 선생님이 손가락 관절을 꺾으며 물었다.

"지금 뭐라고 했지?"

치암파 선생님이 스티븐에게 무언가를 물었을 때랑 똑같은 상황이었다. 나는 팔을 맞잡고 동그랗게 모아 어깨를 잔뜩 움츠린 채 대답했다.

"아무것도 아니에요, 선생님."

"이건 사기라고 했어요."

누군가 짜증스럽게 대꾸하는 소리가 들렸다. 이 과외수업에 친구가 있을 리 없다. 오직 고자질쟁이만 있을 뿐.

"모두가 똑같은 답을 써 내면 감점당하는 거 아닌가요?"

내 질문에 밴 선생님이 대답했다.

"자세히 보고 말해."

선생님이 나눠 준 프린트는 직업, 장소, 감정과 같은 표제어 아래에 빈 곳을 채워 넣게 되어 있었다.

"나라면 채점하는 사람들에게 깊은 인상을 줄 수 있는 똑똑한 주제를

---

*치트키(Cheat Key) 또는 치트 코드(Cheat Code)는 제작자들만이 알고 있는 비밀키, 속임수를 의미한다. 게임이 더 이상 진행되지 않을 때 사용하는 방법으로 특정 조작을 하거나 특정한 문단을 입력한다.

고를 거다."

밴 선생님은 갈고리 같은 손톱으로 내 책상 위의 종이를 탁탁 쳤다.

"이를테면 과학자나 의사 같은."

엄마가 엄청 좋아하겠군. 하지만 이런 식으로 시험을 준비할 수는 없다. 과민반응일지 모르지만 어쨌든 나는 이런 방식이 치트키와 다를 게 없다고 생각했다.

닥터 왕이 되어 사람들을 돕고 생명을 구하는 이야기를 써 내려갔다. 엄마의 간호사 일에 관한 내용도 조금 빌려 왔기 때문에 시험지 중간에 엄마 이름도 적어야 했다. 엄마는 환자들 이야기를 즐겨 했다. 물론 그중엔 괜찮은 환자도 있었고 최악의 환자도 있었다. "저는 엄마와 가족들을 위해 가문을 빛낼 것입니다. 모두가 저를 자랑스럽게 여기도록 말입니다." 내 작문의 마지막 문장이었다.

다른 사람 얘길 쓴 것 같았다. 내가 아닌, 엄마가 바라는 나에 대한 글이었다. 이 작문에 드래곤을 투입해야 할 것 같았다. 이건 판타지 소설이니까.

엄마와 함께 병원으로 가는 중이다. 작문 시험에 대한 이야기를 꺼내자마자 엄마는 그 즉시 병원으로 가는 버스를 잡아탔다.

"탕 선생님한테 뭐든 물어보면 되겠다. 채점하는 사람들을 좀 감동시켜 보자꾸나."

엄마가 내 노트들을 뒤적였다.

"엄마는 왜 간호사가 됐어?"

"그것도 시험에 나오니?"

"음, 그럴지도 모르지."

나는 노트의 새 페이지를 펼치며 펜을 집어 들었다.

"고등학교 때 엄마가 많이 아프셨어. 네 할머니 말이야. 그때 로지 이모는 나보다 나이가 많았고 내가 할머니를 돌봐야 했지."

버스표를 반으로 접으며 엄마가 대답했다.

"그럼 간호사가 되려고 공부를 했던 게 아니야?"

갑자기 썩은 바나나를 먹은 것 같은 기분이 들었다.

"동네 병원에 일자리를 얻었어. 엄마는 사람들을 돕는 걸 좋아했거든. 개중에는 정말 성질이 더러운 사람도 있었지. 아, 이 얘기는 쓰지 마라."

노트에 아직 아무것도 적지 않았다.

"걱정 마, 엄마. 그냥 궁금해서 물어본 거야."

엄마의 꿈이 정말로 간호사였는지 아니면 할머니가 어릴 때부터 간호사 놀이 세트를 사줘서 간호사가 된 건지는 차마 물어볼 수가 없었다.

창밖으로 어린 꼬마아이가 풍선 다발을 껴안고 있는 모습이 보였다.

"엄마, 있잖아. 내 생일날 뭐 좀 해도 돼?"

엄마가 웃음을 터뜨렸다.

"너 이제는 촛불 안 무섭니?"

"친구들이랑 같이 시간을 보내고 싶어서."

"친구 누구? 맨디?"

"맨디는 친구가 아니지. 맨디는 그냥…… 맨디지."

"그럼 친구들을 집으로 부르는 건 어때?"

글쎄, 어디 보자…….

A) 모두가 벽에 붙은 성적표와 상장들을 보고 웃어 댈 것이다.
B) 거실에 과연 몇 명이나 집어넣을 수 있을까.
(두 명 이상 들어와 본 적이 없다.)
C) 전국 모의고사에서 내 친구들이 몇 점을 받았는지 엄마에게 알리고 싶지 않다.
D) 가장 짧은 생일 파티로 세계 신기록을 수립하게 될 것이다.

하지만 그나마 집에서라도 생일 파티를 하는 편이 나을 것 같았다.
"좋아, 그렇게 할게. 대신 우리끼리만 있게 해줘야 돼."
"왜? 너 혹시 나쁜 아이들이랑 어울리니?"
"아니야, 그런 거."
나쁜 아이들이라니. 이제 내 친구들인데.

23

다음 날, 루비 교장선생님은 학생들에게 따끈따끈한 「핫 스팟」 매거진을 보여 주며 아침 조회를 시작했다.
"이번 달 「핫 스팟」이 나왔단다!"
선생님은 첫 번째 페이지에 실린 나의 만화를 펼쳐 놓고 있었다.
"새로 연재되는 만화, 코너 왕의 「불타지 않는 기사단」을 놓치지 말길! 스파이더맨은 긴장하시라!"
어린 남학생들은 모두 열광의 도가니였다. 마치 점심 메뉴로 햄버거에 피자까지 나온 것 같은 대단한 호응이었다.
리포터들은 쉬는 시간 내내 「핫 스팟」을 팔았고 아이들은 곧바로 내 만화를 펼쳐 들었다. 내 그림에 색칠을 하는 아이들도 몇 명 있었다.
"코너, 여기다 사인 좀 해줄래?"
토리가 나에게 「핫 스팟」과 은색 젤 펜을 내밀었다.
아주 조심스럽게 토리의 「핫 스팟」에 내 이름을 적어 주었다. 치암파 선생님이 왜 수업 시간마다 손으로 필기를 하라고 시켰는지 이제야 알 것 같았다. 결코 우리를 고문하려는 목적만은 아니었다. 토리는 내가 사인해 준 「핫 스팟」을 품에 꼭 안았다.

"이거 언젠간 분명 값나가는 사인이 될 거야."

잡지책을 그토록 질투해 보긴 처음이었다.

토리 뒤로 아이들 몇 명이 줄을 섰다.

"여기에도 사인해 주면 안 돼?"

작은 꼬마 아이였다.

"당연히 해줘야지."

나는 은색 의자에 앉아 「핫 스팟」 몇 권에 사인을 더 했다.

점심시간이 되자 엄청난 사인 공세에 시달렸다. 하도 펜을 쥐고 있었더니 손에서 쥐가 날 지경이었지만 조금도 신경 쓰이지 않았다. 그림을 너무 오래 그려서 손에 물집이 잡혔을 때와 비슷한 느낌이랄까. 여하튼 몹시 기분 좋은 통증이었다. 나는 점심시간 내내 계속해서 사인을 하고 또 했다. 기다리자. 엄마가 이 사실을 알게 될 때까지. 분명 엄마는 나를 자랑스럽게 여길 거야. 물론 아빠도.

엘레나가 공중으로 손을 번쩍 들어 올리며 외쳤다.

"믿기지가 않아! 전부 다 팔렸어! 지금 교실로 가서 사고 싶은 애들이 더 있는지 알아보려는 참이야."

나는 엘레나를 보며 활짝 웃었다.

"정말 잘됐네."

엘레나도 자신의 「핫 스팟」을 내밀었다. 물론 사인을 해달라는 뜻이었다.

"다음 호에는 무슨 이야기가 나와?"

특목고 시험 때문에 눈코 뜰 새 없이 바쁘다고 말해야 했지만 그러기엔 내가 너무 흥분한 상태였다.

"아, 다음 호에는 토리가 등장할 거야."

"토리가 엄청 좋아하겠는데."

엘레나가 나를 향해 찡긋 윙크를 했다.

교실로 돌아가자 조슈아가 내 등을 툭 치며 말을 걸었다.

"만화 죽이던데."

"고마워."

"그동안 범생이라고만 생각했었는데, 너 좀 대단한걸."

그게 바로 나다. 낮에는 슈퍼 아티스트, 밤이 되면 슈퍼 찌질이. 가끔은 해가 저물지 않았으면 좋겠다.

24

게일 선생님의 오디션은 강당에서 열릴 예정이었다. 강당 문은 오전 내내 잠겨 있어서 나와 엘레나, 그리고 토리는 문밖에서 계속 어슬렁거리는 중이었다.

아이들 몇 명이 각 학년별로 오디션에 참가했고 그중엔 2학년생도 있었다. 내가 만약 저 나이에 그림을 그리기 시작했다면 어땠을까. 지금쯤 아주 부자가 되고 유명해졌을 뿐만 아니라 왕 씨 가문에 슈퍼스타가 탄생했을 텐데!

앨몬트 선생님이 강당 문을 열었다.

"이제 들어오너라."

어린 학생들은 괴성을 지르며 안으로 뛰어 들어갔다. 중앙에 탁자들이 놓여 있었고 강당은 작은 아트 스튜디오로 변신해 있었다. 마치 텔레비전 오디션 프로그램 세트장 같았다. 작은 스탠드마다 그림들이 놓여 있었다. 나는 당장이라도 뛰쳐나와 내 머리를 물어뜯을 것처럼 난폭해 보이는 늑대인간 그림 앞으로 다가갔다. 시험 보기 직전 배가 사르르 아파 오는 것 같은 전율이 느껴졌다.

검은색 셔츠에 역시 검정 스키니 바지를 입은 게일 선생님은 꼭 기다란 페인트 붓처럼 보였다. 거꾸로 들어 올려 풍성한 금발을 페인트 통에 담그면 딱 좋을 것 같았다. 선생님도 로셀을 좀 자주 찾아가는 게 어떨까. 선생님은 내 옆에 서서 삐쭉 나온 염소 수염을 만지작거리고 있었다.

"이 그림은 몇 년 전에 9학년 학생이 그린 거야. 뛰어난 아이였지. 지금은 잘나가는 컴퓨터 회사에서 그래픽 디자이너로 일하고 있단다."

"돈은 많이 버나요?"

사람들의 수입에 대해 묻는 건 그다지 예의 바른 일이 아니지만, 그럼에도 불구하고 엄마는 의사와 치과의사들을 향해 계속해서 이 질문을 했다.

"그건 물어보지 않았는데."

나는 토리 옆자리에 앉았다. 게일 선생님뿐 아니라 토리한테도 잘 보이고 싶은 마음이 간절했다. 송곳을 꿀꺽 삼킨 것 같은 기분이었다.

"아트 워크숍에 온 걸 환영한다. 만약 너희가 필요한 재능을 갖췄다면 특별 프로젝트를 위한 내 수업에 참가할 수 있을 거야."

선생님은 천을 덮어 둔 탁자로 다가갔다.

"일단 스케치 연습부터 시작해 보자."

그 정도야 식은 죽 먹기지.

탁자를 덮었던 천을 벗기자 여러 가지 물건들이 모습을 드러냈다. 과일이 담긴 그릇과 와인 병, 그리고 덩어리 치즈와 비스킷이 담긴 접시까지.

"이것들을 자신만의 스타일로 스케치하기 바란다. 어떤 시각으로 보아도 괜찮아."

하마터면 쥐고 있던 연필을 반 토막 낼 뻔했다. 뭐야? 선생님이 먹다 남은 음식을 그리는 거였어?

"15분 안에 완성해라."

젠장, 악몽이 현실로 다가왔다. 너무 어렵다. 차라리 시험지를 던져 주면 신나게 풀 수 있는데. 토리는 과일이 담긴 그릇을 동그라미로 표현하고 있었다. 내 몸 여기저기를 샤프펜슬로 콕콕 찌르며 생각했다. 여기서 제일 먼저 탈락할 것 같네. 그럼 다시 의사 왕국으로 돌아가야 하는데.

"잘하고 있어, 에릭."

게일 선생님 목소리였다. 뒤이어 3학년 학생이 내 숨통을 조여 왔다. 도서관에서 나보다 책을 더 많이 빌려 가는 아이였다. 아마도 『그림 그리기의 모든 것』에서 모든 걸 마스터했나 보다.

토리가 자리에서 일어나 탁자를 보자 앨몬트 선생님이 손짓을 하며 말했다.

"토리, 자리에 앉아."

"그림 때문에 그래요, 선생님."

"이거 보여, 코너?"

내 눈에 보이는 것이라곤 토리가 스케치한 형태뿐이었다. 그런데 갑자기, 무언가 내 머릿속을 치고 지나갔다. 작은 동그라미는 와인 병의 뚜껑이었고 타원형 안의 초승달 모양은 과일 그릇에 담긴 바나나였다.

"정말 대단하다."

"너는 잘돼 가고 있어?"

"그게……."

그때 먹구름 같은 게일 선생님의 그림자가 나의 텅 빈 캔버스 위로 드리워졌다.

"아직도 구상 중이니?"

"네, 선생님."

"그냥 탁자 위에 놓인 물건들을 한번 보렴. 무슨 느낌이 드니?"

꼭 사전을 읽는 것 같은 느낌이었다. 과일이랑 치즈랑 크래커는 누가 먹었을까? 아마도 화려한 상류층 아니었을까. 이를테면 왕족 같은. 아니면 「불타지 않는 기사단」의 우 왕일지도 모르겠다. 그는 우 후 왕국의 통치자였지만 지하 세계에 갇혀 살아야 했다. 게다가 지저분한 게으름뱅이였다. 나는 우선 선 몇 개로 탁자를 그린 다음, 과일 그릇을 개미 둑처럼 보이게 뒤집어 놓았다. 바나나는 납작하게 찌부러뜨려 말랑말랑한 내용물을 탁자에 잔뜩 펼쳐 발랐다.

토리가 맞은편에서 몸을 굽혀 내 그림을 보더니 웃음을 터뜨렸다.

"음식 싸움이네!"

"맞아. 우 왕과 우 왕의 싸움이야."

치즈와 크래커는 피자 토핑처럼 탁자 여기저기 널브러져 있었다. 토리는 웃음을 멈추지 못했다. 제발 내가 아닌 그림 때문에 웃는 것이길. 나는 토리의 달콤한 웃음을 연료 삼아 거침없이 우주로 솟아오르는 로켓 같은 기세로 그림을 그려 나갔다. 다음은 우 왕이 과일 그릇에 머리를 박고 탁자 위에 엎어져 쉬고 있는 모습이었다. 모든 물체에는 어둡고 날카롭게 음영을 주었다. 마지막으로 탁자에 쓰러져 있는 와인 병을 그려 넣고 마무리했다.

게일 선생님이 양손을 딱 마주치며 말했다.

"자, 그럼 이제 자신이 그린 걸 보여 주렴."

아, 망했다. 지구로 다시 추락해서 이 끔찍한 작품을 들여다보았다. 우왕처럼 그림 위에 엎어져 쉬어야 할 것 같았다. 다들 자신의 그림을 머리 위로 치켜들었다. 하나같이 똑같아 보이는 지루한 그림들이었다. 게일 선생님은 무슨 의미인지 고개를 끄덕였다. 예술에 있어서 옳고 그름이란 없다. 하지만 내 그림은 틀린 쪽에 더 가까웠다.

선생님은 토리의 그림을 보며 미소를 지었다.

"기발한 관점이구나. 나는 독창적으로 생각할 줄 아는 아티스트를 좋아하지."

내 생각은 독창적이다 못해 이 세상을 벗어났을지도 모른다. 나는 게일 선생님에게 그림을 보여 주며 시선을 피했다. 몇몇 아이들은 키득거렸고 에릭이 소리쳤다.

"저건 너무 심한데."

"네 그림에 대해 설명해 주겠니."

어깨를 한 번 으쓱하고서 대답했다.

"제 탓이 아니에요. 제 손 대신 연필이 그린 거죠. 연필이 미쳤나 봐요."

선생님은 양팔을 쫙 펼치고 내 등을 살짝 두드렸다.

"네 그림은 마치 폭탄이 휩쓸고 간 것 같구나. 선생님께서 고생 좀 하시겠는걸."

내가 걱정하는 건 치암파 선생님이 아니었다. 만약 이걸 보게 된다면 엄마는 환자가 아니라 자신의 병간호를 해야 할지도 몰랐다.

게일 선생님은 다시 탁자를 가리켰다.

"전부 다 훌륭해. 그럼 이번엔 붓으로 뭘 할 수 있는지 보여 줄래?"

나는 허공에 주먹을 한 번 날린 뒤 서둘러 자리로 돌아갔다. 선생님의 말에 새로운 도전 의식이 생기는 것 같았다. 게일 선생님은 우리에게 시드니 풍경이 담긴 엽서를 한 장씩 나눠 주었다.

"여기에 자신만의 색깔을 입히는 거야."

엽서를 거꾸로 뒤집자 높은 빌딩들은 동굴에 박힌 뾰족한 못처럼 보였고 시드니 타워는 손전등이 되어 있었다. 나는 드래곤이 살고 있는 어두컴컴한 은신처를 스케치하기 시작했다.

토리의 그림은 노을이 지고 있는 시드니 풍경이었다. 스카이라인이 꼭 스크램블 에그 같았다.

"아직 색칠 안 했어?"

"난 색칠엔 별로 소질이 없어서."

색칠만 했다 하면 덕지덕지 바르는 바람에 종이가 질척하게 젖기 일쑤였다. 게일 선생님이 다가와 내 그림을 유심히 살펴보았다.

"스케치를 좀 더 어두운 선으로 손보고 두껍게 칠해 봐."

"그럼 여러 가지 색으로 칠하지 않아도 된다는 말씀이세요?"

선생님은 빙긋 웃었다.

"꼭 그어 놓은 선 안에만 있으란 법은 없지."

좋았어. 나는 그림을 조금 수정하고 거기에 아주 약간 덧칠을 했다. 그리고 진하게 혹은 옅게 강약을 조절해 가며 전체적인 분위기를 완성했다. 복싱으로 치자면 잽과 스트로크를 적절히 사용했다고나 할까.

그림이 다 마르기까지는 그리 오래 걸리지 않았다. 게일 선생님이 내가 앉아 있는 책상 앞으로 다가왔다.

"우아, 이건 네 그림 중에서도 걸작이라고 할 수 있겠다. 훌륭해."

"그림은 가지고 가도 좋아. 집에 가기 전까지는 다 마를 테니까."

앨몬트 선생님 목소리였다. 게일 선생님이 웃으며 한마디 덧붙였다.

"그 드래곤을 네 방에 걸면 멋지겠구나."

그럼요, 멋지겠죠. 엄마가 5초 만에 떼어 버릴 테니까요.

"내 수업에 참가할 수 있는지는 오늘 오후면 알 수 있을 거야. 모두에게 행운을 빈다."

6학년 C반으로 돌아가자 내가 들고 간 그림 덕분에 교실 안은 웃음바다가 됐다. 심지어 치암파 선생님까지도 웃으며 한마디 거들었다.

"크리스마스 날 우리 집 점심 식탁을 보는 것 같구나."

스티븐은 나에게 하이파이브를 하며 말했다.

"분명 붙을 거야, 친구. 6학년에서 제일 끝내주는 아티스트는 바로 너야."

하지만 그건 내 침실 벽에서만 먹히는 이야기일지도 모른다.

"확실치 않아. 토리도 꽤 잘했거든."

"에이, 토리가 꽤 예쁘다고 생각하는 거겠지."

우리는 수업이 끝나고 교실을 나설 때까지 계속해서 떠들었다.

"아, 맞다. 엄마가 집에서 생일 파티 해도 된다고 허락했어."

"그럼 우리 둘 다 초대받은 거야?"

맨디가 티나의 팔을 잡아당기며 물었다.

"물론이지. 토리가 유일한 여자 손님이 되는 건 싫다고."

스티븐의 대답이었다.

"엘레나랑 같이 와. 조만간 모두에게 초대장 보낼게."

"그런데 너 쿨해 보이는 옷 없어? 프로레슬링 티셔츠나 아니면……."

맨디가 이상한 소리를 내며 얼른 끼어들었다.

"우웩, 그럼 꼭 너처럼 이상하게 보일걸. 그러지 말고 토요일에 나랑 같이 쇼핑하러 갈래?"

그러자 스티븐이 낄낄거리며 한마디했다.

"그럼 딱 맨디 너처럼 보일 거 아냐."

맨디는 가뿐하게 스티븐의 말을 무시했다.

"걱정 마. 매력남으로 만들 테니까."

맨디가 내 어깨를 꽉 잡아당기며 감싸자 나는 끓는 물을 부은 인스턴트 면발처럼 흐느적거리며 끌려갔다.

토리에게 멋지게 보이는 건 분명 스트레스였다.

25

다시 친구들과 농구 경기 중이다. 조슈아가 내 앞에서 공을 잡았다.
"어이, 덤벼 보시지."
상대가 내게 등을 돌리고 있는 상태에서는 그게 좀 힘들다. 조슈아는 팔꿈치를 들어 올려 내 얼굴을 사정없이 찍었고 그 바람에 안경이 찌부러졌다.
"아얏, 야, 조심해."
"그러니까 너무 가까이 오지 마라고."
조슈아가 사납게 쏘아붙이자 스티븐이 우리를 향해 다가오며 외쳤다.
"조슈아, 이거 반칙이야."
"미안! 그런데 얘가 이런 뱅글뱅글 안경을 쓰고 있는 게 내 탓은 아니잖아. 너 콘택트렌즈는 써봤냐?"
"맞아. 다른 팀이랑 경기하면 아마 안경이 네 얼굴 위에서 박살 날걸."
다짜였다.

"걱정 마. 조만간 렌즈 껴보려고."

점심시간이 지나고 치암파 선생님이 주신 숙제 위에는 녹색 메모지가 붙어 있었다. '게일 선생님의 아트 워크숍 합격.'

"앗싸!"

나는 펄쩍펄쩍 뛰며 팬들을 향해 달려갔다.

"추카추카."

스티븐이 박수를 치기 시작했고 맨디 역시 자리에서 일어났다. 순식간에 교실 안은 열광적인 박수 소리로 가득해졌다.

"자, 자, 이제 그만."

치암파 선생님이 아이들을 진정시키며 나에게 종이 한 장을 내밀었다.

"여기에 어머니 사인을 받아 오너라."

학부모 동의서였다. 바라고 바라건대 제발 엄마가 이 사실에 감동받기를. 그리고 허락해 주기를.

저녁 식사를 마친 뒤 내가 설거지를 하는 동안 엄마는 조용한 바이올린 연주곡을 틀어 놓고 텔레비전 앞에서 태극권을 연습하는 중이었다. 마른 행주로 손에 남은 물기를 닦자마자 부리나케 방으로 달려가 학부모 동의서를 들고 왔다. 다시 거실로 나왔을 때 엄마는 신문을 읽고 있었다.

"와서 이것 좀 봐."

엄마가 보라고 하는 건 나한테는 분명 안 좋은 소식일 확률이 100퍼센트다. 엄마는 손가락에 침을 바르더니 신문을 넘겨 라이언이 나온 페이지를 펼쳤다. 거대한 시험관을 들여다보고 있는 라이언의 사진이 실려 있었다.

"여기 기사 읽어 봐."

재빨리 기사를 훑었다. 라이언이 매주 세인트 그레고리 남자 고등학교의 9학년 과학 수업에 참가할 거란 내용이었다. 가위로 라이언의 머리를 빙 둘러 기사를 오려 내며 엄마가 말했다.

"얜 정말 똑똑한 아이야."

그렇다면 나에게도 완벽한 핑계거리가 생겼다. 고등학교 수업을 듣는다는 사실에 열광하는 거라면 게일 선생님의 워크숍도 분명 사랑하게 될 테니까. 학부모 동의서를 엄마 앞에 꺼내며 제발 그냥 사인해 주길 마음속으로 빌고 또 빌었다.

"아트 워크숍이라고?"

"응. 에메랄드 하이츠 고등학교로 가는 거야."

"3주나?"

엄마는 스냅 게임*에서 들고 있던 카드를 내려놓듯 동의서를 아무렇지 않게 내팽개쳤다.

"그럼 학교 공부에 너무 지장이 많아져."

"공부는 빼먹지 않고 계속 하잖아."

"말도 안 되는 소리!"

---

*카드 게임의 일종으로 두 명이 카드를 나누어 가지고 있다가 한 장씩 펼쳐서 비슷한 카드 두 장이 나오면 먼저 "스냅"이라고 외치는 게임.

엄마가 탁자를 내리쳤다.

"그림 그리기 따위에 시간을 낭비하지 마."

나를 보는 엄마의 표정이 일그러졌다.

"이런 쓸데없는 짓거리 할 시간이 어디 있다고 그래. 엄마 친구들이 알면 전부 비웃을걸."

"그게 뭐 어때서? 나는 친구들이 비웃어도 상관없어. 걔들은 내 그림을 좋아해 준다고!"

엄마가 팔짱을 꼈다.

"더 이상 이 문제로 얘기하지 마. 넌 여기 참가 안 하는 거야."

꼬깃꼬깃해진 동의서를 집어 들고 방으로 돌아갔다. 침대 위로 몸을 던져 베개 속에 머리를 파묻으며 생각했다. 제발 엄마가 단 한 번만이라도 기회를 주었으면 좋겠다. 내 능력을 보여 줄 수 있게.

26

아침 일찍 농구 코트에서 만난 다짜와 스티븐에게 학부모 동의서 이야기를 꺼냈다.

"유명한 아티스트가 되려던 계획이 전부 물거품이 된 거지, 뭐."

스티븐이 슛을 날리는 시늉을 하자 거기 속아 넘어간 나는 힘껏 점프하며 허공에 손을 쭉 뻗었다.

"그냥 엄마 사인 위조하면 안 돼?"

"제정신이야? 엄마가 날 죽일걸. 거짓말을 하는 건 가문의 수치야."

"엄마한테 말 안 하면 되잖아."

스티븐이 어깨에 올려놓은 공을 위아래로 문지르며 대답했다.

"만약 네 작품이 어떤 끝내주는 전시회에 걸려 있는 걸 보면 그땐 엄마도 상관 안 할 거야."

"우리 엄마 사인은 그냥 꼬불꼬불한 선이야."

"다짜, 너 엄마 사인 위조한 적 있어?"

"그랬으면 엄마가 나를 산 채로 잡아서 가죽을 벗겼을걸."
스티븐이 다시 끼어들었다.
"만약 아티스트가 되는 게 네 꿈이라면 기회를 잡아야지."
맞는 말이다. 분명 엄마는 엄청 화를 내겠지. 하지만 진짜 나의 모습, 나의 그림을 보게 된다면 전부 용서해 줄지도 모른다.
조회 시간에 줄 서 있는 아이들 사이에서 토리를 만났다.
"토리, 게일 선생님 수업 갈 거지?"
"응, 너무 기대 돼."
토리의 나비 귀걸이가 바람에 살랑살랑 흔들렸다. 나비 한 마리가 내 어깨에 사뿐히 내려앉은 것 같았다.
"나도."
토리를 향해 연신 싱글거리며 대답했다.
교실로 돌아와 숙제 파일을 한 장씩 넘겨 보았다. 모든 페이지마다 아래쪽 귀퉁이에 엄마의 사인이 있었다. 엄마의 사인은 심장 박동 모니터를 보는 것처럼 가로선이 쭉 이어지다가 어떤 한 지점에서 위로 삐죽 올라온 모양이었다. 그 선은 마치 내 쿵쾅거리는 심장 소리 같았다. 검정색 펜으로 천천히 엄마의 사인을 베꼈다.
쉬는 시간 벨이 울리기 전에 치암파 선생님에게 학부모 동의서를 제출했다.
"아, 선생님, 깜빡했어요. 이거요."
선생님은 눈을 가늘게 뜨고 내가 내민 종이를 바라보았다. 어쩌면 선생님들의 머릿속엔 학부모 사인을 확인하기 위한 스캐너가 내장되어 있을지도 모른다. 그러나 선생님은 별말 없이 동의서를 접어 수첩에 끼워 넣었다.
"그래, 알겠다. 엄마가 무척 기뻐하시겠구나."
"아…… 네."
나는 선생님 머릿속의 거짓말 탐지기가 작동하기 전에 얼른 도망쳤다.

27

화창한 토요일 아침. 식탁에 앉아 독해 연습문제를 푸는 중이다. 하지만 잠시 뒤에 있을 맨디랑 티나와의 쇼핑 원정 때문에 도무지 집중할 수가 없었다. 마지막 문제의 지문은 가뭄을 겪는 농부에 관한 시였다. 내 주위를 서성이는 엄마의 콧김이 목덜미에서 느껴졌다.

"어려운 문제니?"

"아니."

"그런데 왜 이렇게 오래 걸려?"

"지문을 다시 읽어야 해서."

독해 문제를 어떻게 푸는지 엄마가 알 리 없지. 때로는 답이 곧장 머릿속에 떠오르기도 하지만 숨어 있는 정답을 찾아내기 위해선 좀 더 깊게 파고들어야 한다. 나는 마지막으로 D에 동그라미를 치고 시험지를 엄마에게 넘겼다. 채점은 엄마 몫이었다. 엄마는 내 답이 틀릴 때마다 이를 악물었고 채점을 다 마쳤을 땐 이를 갈고 있었다.

"여섯 개나 틀렸어!"

"서른네 개나 맞았잖아."

엄마는 양손으로 머리를 감싸 쥐었다.

"실수를 너무 많이 하잖아."

"엄마, 모든 문제를 다 맞힐 수는 없어. 만점을 받을 수는 없다고."

엄마는 단단히 짜증이 난 것처럼 보였다.

"그런 생각 갖고는 특목고에 못 가."

모의고사 문제집을 가방 속에 아무렇게나 구겨 넣었다.

"오늘 과외수업 끝나고 맨디네 집에 가도 돼? 같이 하는 과제가 있어서."

"무슨 과제?"

"어…… 복식. 오스트레일리아 사람들의 패션에 대한 거야. 역사 수업 과제물이야."

"지난번처럼 늦지 말고."

"다섯 시까지 올게."

가게들이 다섯 시에 문을 닫으니까.

두 시간 작문 수업을 마치고 라이언과 함께 밴 선생님 집을 나서는 길이었다. 의사 이야기를 네 번이나 다시 썼고 매번 쓸 때마다 점점 더 시간이 오래 걸렸다. 탕 선생님은 내게 의사라서 좋은 점에 대한 무지막지한 리스트를 주었다. 하루에 열 시간씩 일하다니, 너무 **빡빡**하다. 엄마가 자리를 비웠을 때 탕 선생님으로부터 아픈 환자들에 대한 시시콜콜

한 이야기를 들은 적이 있다. 듣기 역겨운 내용이었다. 나는 탕 선생님을 「불타지 않는 기사단」에 등장시키기로 했다. '닥터 퍽'으로!

밴 선생님이 밖으로 나와 스프링클러를 틀었다. 어서 우리를 쫓아내고 싶은 게 분명했다. 라이언과 나는 골목길로 걸어갔다.

"너 집에 갈 때 버스 타고 가지 않아?"

"오늘은 친구들이랑 쇼핑하기로 했거든."

오래된 스테이션왜건이 내 앞에 멈추고 조수석에 있던 티나가 외쳤다.

"어서 타, 코너!"

"다음에 보자."

라이언의 어깨를 툭 치며 차에 올라탔다. 뒷자리에는 맨디와 티나의 어린 여동생 에블린이 앉아 있었다.

메고 있던 책가방은 앞쪽 바닥에 쑤셔 넣었다.

"최신 유행으로 제대로 꾸며 줄게. 크하하하."

맨디는 나를 보며 미치광이 과학자처럼 웃어댔다.

티나 아빠와 에블린을 푸드 코트에 남겨 두고 우리는 팩토리 아울렛으로 들어갔다.

"1층부터 둘러보자. 토리는 핑크색을 좋아해."

"그걸 어떻게 알아?"

"내가 화장실에서 염탐 좀 했지."

나는 맨디의 팔을 찰싹 치며 소리를 질렀다.

"너 미쳤어?"

"우리 둘 다 손을 씻고 있었는데, 내가 토리한테 귀걸이가 예쁘다고 했거든. 그랬더니 자기는 핑크색을 엄청 좋아한대."

"핑크색은 안 입을 거야."

내가 머리를 좌우로 흔들며 대꾸했다.

"지금 입고 있는데, 뭐. 네 뺨이 무슨 색인지 좀 보시지."

맨디는 나를 이끌고 '얼바나나스'라는 곳으로 들어갔다. 사람들이 멋진 셔츠를 입고 거친 랩 음악에 맞춰 몸을 흔들고 있었다. 한눈에 봐도 나랑은 전혀 어울리지 않는 장소였다. 얼른 거기서 빠져나가려 했는데 맨디와 티나가 보이질 않았다. 잠시 뒤 둘은 양손에 옷을 한 아름 안고 나타났다.

맨디가 티셔츠 몇 벌을 내게 획 던졌다.

"여기 옷 끝내준다."

크링클컷 감자칩처럼 잔뜩 구겨진 티셔츠였다.

"누더기 같은데. 그냥 내 옷을 잘라 입어도 되겠어."

"이 청바지에다 핑크 티셔츠 한번 입어 봐."

티나가 아래쪽에 잉크 자국이 군데군데 묻어 있는 청바지 몇 벌을 추천했다. 내가 보기에 그 바지들은 당장 세탁소에 갖다 주어야 할 것만 같았다.

맨디가 나를 탈의실로 밀어 넣고 아무 말도 못 하게 문을 닫아 버려서 나는 어쩔 수 없이 구두 상자 안에 갇힌 생쥐처럼 빙글빙글 맴돌며 입고 있던 옷들을 벗어던지고 새 옷을 꿰어 입었다.

"밖에 있는 거 맞지?"

"여기 있다니까. 얼른 나와 봐."

맨디가 탈의실 문을 두들기며 대답했다.

"절대로 안 나갈 거야!"

청바지를 배꼽까지 끌어올리며 외쳤다.

"우리 도움이 필요 없다는 얘기야? 그럼 간다!"

즉시 문을 열었다. 비록 한 찌질이의 작은 발걸음이었지만 쿨한 남자가 되기 위한 대 도약이 될 역사적인 순간이었다.

"과연 토리가 이걸 좋아할까?"

나를 본 티나가 시선을 천장으로 돌렸다.

"네 바지 지퍼 열린 것만 빼면."

급히 뒤돌아 지퍼를 올리는 동안 맨디와 티나는 숨이 넘어가도록 깔깔댔다.

"너 지금 정말 끝내줘."

너무 웃어서 숨을 헐떡이며 맨디가 말했다.

탈의실로 다시 돌아가 거울을 바라보았다. 우아, 이게 정말 나란 말이야? 안경을 쓰자 그제야 제대로 보였다. 그냥 최신 유행 옷을 입은 찌질이였다.

"토리가 분명 좋아할 거야!"

어디서 가져왔는지 맨디가 빨간색 야구모자를 내 머리에 푹 씌웠다.

"짜잔—! 이래야 패션의 완성이지."

"나 학교 모자 있어."

얼른 모자를 벗자 맨디가 손가락을 목구멍에 집어넣는 시늉을 하며 쏘아붙였다.

"너 지금 그 괴상한 펄럭이가 달린 역겨운 노란색 학교 모자 말하는 거니?"

"그건 목덜미를 보호하려고 달려 있는 거야."

날카로운 면도날처럼 번뜩이는 맨디의 눈빛에 나는 한숨을 내쉬며 모자를 다시 집어 들었다.

"알겠어, 알겠다고. 네가 이겼어. 매번 그렇지 뭐."

쇼핑을 마치고 달랑거리는 비닐봉투를 축구공처럼 툭툭 발로 차며 가게에서 걸어 나왔다.

"도와줘서 고마워."

"파티에서 입기 전에 옷들을 한 번 세탁해야 해."

친절히 알려 주는 티나의 말을 듣고 나는 맨디에게 바싹 다가갔다.

"너희 집에서 빨면 안 돼? 엄마한테 들키면 다 갖다 버릴지도 몰라."

맨디는 내 어깨에 주먹을 한 방 날렸다.

"네가 파티에서 입으면 어쨌든 보게 되실 거 아냐."

정확한 지적이다. 그때까지 이 옷들을 어떻게 숨기지?

28

엄마 얘기가 나오는 만화는 거의 없다.

아니다, 전혀 없다고 하는 게 맞다.

그런데 분명 그런 만화가 나와야만 한다. 엄마에겐 특별한 능력치, 바로 슈퍼맨과 스파이더맨, 그리고 배트맨을 한 방에 보내 버리는 능력이 있기 때문이다. 그것도 설거지를 하면서 말이다. 엄마는 맘 히어로 스쿼드*의 리더 자격이 충분하다. 내가 했던 실수나 나쁜 성적을 결코 잊어버리는 법이 없다. 그리고 지구 반대편에서조차 내가 딴짓하는 순간을 눈치챌 수 있을 뿐 아니라 책가방 안에 교과서나 문제집 외에 다른 물건이 있는지 냄새만으로도 찾아낸다.

쇼핑을 마치고 집으로 들어가기 전에 일단 가격표를 전부 떼어 냈다.

---

*마블에서 연재된 「슈퍼 히어로 스쿼드」의 주인공인 토르나 헐크처럼 엄마에게도 특별한 능력이 있음을 빗댄 말.

그다음 옷들을 돌돌 말아 비닐봉투에 집어넣고 가방 맨 아래쪽에 쑤셔 넣었다.

엄마는 소파에 앉아서 중국 드라마 잡지를 읽고 있었다. 중국 드라마나 퀴즈쇼를 즐겨 보는 엄마는 중국 프로그램을 녹화한 DVD를 빌려 보곤 했다. 엄마가 잡지에서 눈을 떼고 나를 올려다보며 물었다.

"왜 그렇게 우스꽝스럽게 걷니?"

즉시 네 개의 답안을 생각해 냈다.

A) 오늘은 펭귄처럼 걷는 날이야.
B) 너무 오래 앉아 있었더니 엉덩이가 저려서 그래. (실제로 그런 적이 있다.)
C) 지금 말 못 해. 얼른 숙제해야 돼!
D) 엄마도 나라면 이렇게 걸을 수밖에 없을 거야. 야구모자를 바지 안쪽에 숨겼는데 라벨이 자꾸 엉덩이를 찌르고 있어.

나는 C를 선택했고 오리처럼 뒤뚱뒤뚱 방으로 걸어갔다.

"뭐 숨기는 거 있지?"

엄마의 표정은 국경 수비대 드라마에 나오는 보안요원 같았다.

"어, 아냐. 아무것도 안 숨겼어."

체포된 사람들이나 하는 멍청한 대답이었다.

엄마가 책가방을 휙 낚아채더니 이리저리 흔들었다. 철제필통 안에서 볼펜들이 서로 부딪히는 소리가 들렸다. 급기야 엄마는 가방을 열고 안쪽에서 비닐봉투를 끄집어냈다.

자, 그럼, 이번에는 보기 E.

"맨디네 엄마가 어디서 옷을 맞추는지 알아? 맨디의 이모의 친구의 친구가 옷가게를 하신대."

"그래서 옷 사러 갔었니?"

"우리가 패션에 대한 과제를 하잖아. 그래서 그 가게에 갔었어."

"누구한테 잘 보이려고?"

토리라고 말하면 안 돼. 말하면 안 돼. 말하면 안 돼.

재빨리 방 안을 둘러보다 아빠의 제단이 눈에 들어왔다.

"아냐. 과제물 발표할 때 필요해서 산 거야. 패션쇼 시간이 있거든. 게다가 세일 중이었어."

"그래, 알겠다. 입기 전에 세탁부터 해야겠구나. 빨래 바구니에 넣어 둬."

나는 주섬주섬 새 옷들을 챙겨 아빠의 제단 앞을 지나가며 짧은 윙크를 날렸다.

29

이번 주는 병원 방문을 건너뛰고 엄마와 함께 싱 선생님을 만나러 갔다. 싱 선생님은 나의 눈 담당 검안사였는데 여기 올 때마다 내 안경은 점점 더 커지고 두꺼워졌다.

하지만 오늘은 아니다.

"어쩐 일이세요?"

싱 선생님은 작은 은테 안경을 쓴 친절한 할아버지였다. 안경이 어찌나 자그마한지 안경알이 불빛에 반사되기 전까지는 보이지도 않았다.

"코너 시력 좀 체크해 보려고요. 시험 보다가 갑자기 안 보이기라도 하면 어떡해요."

"엄마, 그냥 강당 안에서 시험 보는 거야. 무슨 눈보라 치는 벌판도 아니고."

나는 피라미드처럼 쌓여 있는 콘택트렌즈 상자들 중에서 하나를 집어 들었다.

"이거 한번 껴보고 싶어."

"하지만 안경을 써야 더 똑똑해 보이는데."

그러니까 하루라도 빨리 안경을 벗어야 한다고.

"이제 안경은 너무 무거워. 오래 쓰고 있으면 아프단 말이야."

나는 뒷목을 문지르며 안경을 벗어야 하는 이유를 덧붙였다.

"일단 눈 검사부터 해보자."

싱 선생님과 함께 낡고 볼품없는 사무실 안으로 들어가 시력 검사표를 읽었다. 다행히 나의 눈은 검사를 통과했다. 적어도 눈알은 시험에 붙었네.

싱 선생님은 콘택트렌즈가 들어 있는 통을 열었다.

"일단 일회용 렌즈부터 시도해 보자. 자기 전에는 렌즈를 빼야 한다."

콘택트렌즈도 만만치가 않군. 만약 렌즈 빼는 걸 깜빡하면 어떻게 되는 거지? 가끔은 너무 피곤해서 밤에 안경을 쓴 채 샤워한 적도 있는데. 그럼 렌즈가 내 눈 속에 영원히 박혀 있나?

"오른쪽부터 끼워 봐."

싱 선생님이 내 집게손가락에 찢어질 것처럼 얇은 렌즈를 올려놓았다.

"눈꺼풀을 들어 올리렴. 깜빡이면 안 돼."

천장을 올려다보며 렌즈를 점점 눈 쪽으로 가져가자 눈동자가 겁먹은 올챙이처럼 움찔거렸다.

"이제 아래쪽 눈꺼풀을 밑으로 당겨 봐."

나는 다른 쪽 집게손가락으로 눈꺼풀을 당기면서 싱 선생님에게 물었다.

"이제 어떻게 해요?"

"렌즈를 흰자위 쪽에 올려 봐라. 시선은 계속 위를 보고."

어떻게 두 가지를 동시에 하지? 흰자위를 향해 렌즈를 바짝 갖다 댔다. 꼭 풍선에 칼을 들이대는 기분이었다. 혹시나 눈알이 빵 하고 터지지는 않을까? 내 눈은 시간당 수백만 킬로미터의 속도로 쉴 새 없이 깜빡이고 있었다.

이럴 수가! 아무런 느낌도 없다니. 렌즈가 눈에 들어갔는지조차 모를 정도였다.

"와, 이 렌즈 정말 느낌이 가볍네요."

"들어가지도 않았으니까. 방금 렌즈를 떨어뜨렸어."

싱 선생님과 나는 바닥을 기어 다니며 떨어진 렌즈를 찾았지만 이내 포기하고 말았다. 수없이 욕실 바닥으로 렌즈를 떨어뜨릴 내 모습이 머릿속에 그려졌다.

"다시 한 번 해보자."

싱 선생님이 손가락에 다른 렌즈를 올려 주었다.

"으아아아아아아아아."

분명히 눈에 잘 들어갔다. 하지만 렌즈가 들어간 눈에서 핀과 바늘로 쑤시는 것 같은 통증이 느껴졌다.

싱 선생님은 빙긋 웃으며 내게 말했다.

"그냥 안경을 쓰지 그러니."

이렇게 쉽게 포기할 내가 아니다. 나머지 한쪽 렌즈도 집어넣자 이번엔 사포로 눈알을 문지르는 것 같았다.

"괜찮니?"

문 앞에 서서 기다리던 엄마에게 나는 계속 윙크를 해대고 있었다.

"응, 괜찮아."

"컬러 렌즈를 끼라고는 하지 않았는데."

거울을 보니 칠리소스라도 뿌려 놓은 것처럼 눈이 새빨갰다. 엄마가 내 뺨을 만지며 물었다.

"그런데 왜 울어?"

"렌즈 때문에 그래."

엄마의 시선을 애써 외면했다. 갈고리로 눈을 뽑아내고 싶은 심정이었다.

"그만 됐어. 다시 안경 쓸게."

사랑은 고통이라고 말한 사람이 누구인지는 몰라도, 분명 콘택트렌즈를 껴본 사람임에 틀림없다. 다시 원래 안경을 쓰고 밖으로 나왔다. 눈은 훨씬 편안해졌지만 머릿속은 두꺼운 사전처럼 무거웠다.

버스를 타고 집으로 오는 내내 나는 아무 말도 하지 않았다. 엄마의 어깨에 머리를 기댔다.

"푹 쉬어. 그렇게 아픈데 억지로 할 필요는 없어."

"응. 고마워, 엄마."

완벽한 실패였다. 계속 이렇게 찌질이로 살아야 하나 보다. 평생.

30

이 학교 이름이 왜 에메랄드 하이츠 고등학교인지 알 것 같다. 온 사방에 계단뿐이다.*

우리는 아까 오른 것과 똑같은 계단을 다시 올라가고 있었다. 헛수고다. 이 길은 그 어디로도 통할 것 같지가 않았다. 그래서 엄마가 이 학교를 위험한 곳이라고 했나. 여기서 영원히 미아가 될 것만 같았다. 앨몬트 선생님은 우리를 이끌고 수학 수업 중인 똑같은 교실 앞을 네 번째 지나가는 중이었다.

"선생님, 게일 선생님 스튜디오가 위층이에요, 아래층이에요?"

토리가 물었다.

"사무실 직원 말로는 웨스트 C 블록 위층에 있다고 했는데."

---

*Emerald Heights Highschool. 즉, Height(높은 곳, 최고조)에 High까지 더해져서 학교가 아주 높은 곳에 있다며 익살스럽게 표현한 것이다.

나침반이 달린 자를 꺼내서 앨몬트 선생님한테 드리고 싶었지만 입을 꾀매고 꾹 참았다. 마치 깜깜한 극장에 영화를 보려고 몰래 숨어 들어간 기분이었다. 스티븐이 자주 하는 짓이기도 했다. 내가 나침반을 드리면 선생님은 즉시 학교에 전화를 걸어 나를 돌려보낼지도 모른다.

어두컴컴한 복도로 들어서자 수업 중인 선생님들의 목소리가 여기저기서 들려왔다. 마침내 스튜디오에 도착해 보니 출입문은 활짝 열려 있었고 게일 선생님의 하이 톤 목소리가 울려 퍼지고 있었다.

앨몬트 선생님을 보자 게일 선생님이 염소 수염을 만지며 물었다.

"길 찾기 어려우셨죠?"

"늦어서 죄송합니다."

"괜찮습니다. 지금 막 시작하려던 참이었어요."

우리는 맨 앞자리에 앉았다. 각각 갈색과 녹색 교복을 입은 다른 학교 아이들도 보였다. 게일 선생님이 우리에게 앞치마를 휙 던졌다.

"이 물감들은 한번 묻으면 잘 지워지지 않거든."

정말 다행이네. 앞치마를 목 아래까지 단단히 여미며 생각했다. 옷에 물감이 단 한 방울이라도 튀는 날엔 아티스트를 향한 나의 계획은 물거품이 될 테니까. 엄마는 지금 내가 철자법 시험을 보는 줄 알고 있다. 제발 오늘은 루비 선생님한테 전화를 걸어 시험 결과를 물어보지 않았으면……

게일 선생님이 우리를 바라보며 의미심장한 목소리로 말했다.

"남들이 뭐라 하든, 여기 모인 너희들은 전부 아티스트다."

최고다. 이보다 더 좋을 수는 없다.

피자 박스 두 개를 합친 것만 한 캔버스를 나눠 주며 게일 선생님이 다시 말을 이었다.

"너희는 리버풀 병원에서 열리는 브라이트 라이프 공모전에 참가할 거다."

"뭐라고요?"

그만 소리를 지르고 말았다.

앨몬트 선생님이 쉿, 하고 손가락을 입에 갖다 대며 나를 죽일 듯이 노려보고 있었다.

"그 병원 교육센터가 3주 뒤에 문을 열 예정이야. 그 칙칙한 건물에 생기를 불어넣을 필요가 있다고 생각했지."

나는 손으로 입을 틀어막고 미친 듯이 터져 나오려는 웃음을 참아야만 했다.

"수상자는 명판에 이름이 새겨질 거고 아주 유명해질 거다. 꼭 그림만 그리라는 법은 없어. 다른 방법도 얼마든지 가능해."

선생님은 토네이도 안에서 소용돌이처럼 휘날리는 나뭇잎 그림을 우리에게 보여 주었다.

"8학년 학생 작품인데 금속판을 이용해서 찍어 낸 거다. 쇼핑센터에서 이걸 500달러에 사들였지."

나뭇잎 디자인을 새긴 금속판이었다.

우아, 고작 저걸 500달러에? 내가 돈을 찍어 낼 수 있다면 엄마도 화를 덜 내지 않을까.

이건 정말이지 끝내주게 재미있는 일이 될 것 같았다. 너무 웃어서 턱

이 다 얼얼했다. 만약 그림이나 만화를 팔게 된다면 로지 이모가 주신 과외비나 다른 빚도 다 갚을 수 있을 거다. 내가 사랑하는 일을 하면서 가문의 영광도 지키게 되다니.

"나는 캐롤린 언니의 초상화를 그릴 거야."

옆자리의 토리였다.

일단 종이에 먼저 스케치를 했다. 그다음에 캔버스에 확대해서 그릴 생각이었다. '불타지 않는 기사단'으로 변신한 내가 캐슬 타워에서 가장 치명적인 드래곤 프라고에 맞서 싸우는 장면이었다. 내 작품 중 최고의 걸작이 될 거다.

31

금요일 오후, 학생들의 농구 테스트가 한창 진행 중이었다. 타는 듯이 이글거리는 날씨였고 헤어드라이어를 켜놓은 것 같은 뜨거운 바람이 사방에서 밀려들었다.

조슈아가 실실 웃으며 나에게 말했다.

"어이, 생활체육은 저쪽이야."

"올해부터는 아니거든."

아직은 모르지만, 뭐 어쨌든.

선생님은 학생들에게 하나 이상 체육 활동을 권장했다. 나는 항상 생활체육 쪽으로 가서 줄을 섰고 불합격 판정이 내려지기만을 기다렸다. 생활체육 선생님들도 대충 시간을 때우기는 마찬가지였다. 학생들은 더위에 지칠 때까지 몇 가지 게임을 했는데 시간은 딱 3분이면 충분했다. 그러고 나면 교실로 돌아갈 수 있었고 그다음부터 나는 집에 가기 전까지 줄곧 그림을 그렸다.

하지만 오늘은 달랐다. 우리는 농구 코트 왼쪽에 드리워진 유일한 그늘 안에 바글바글 모여 있었다. 주위에는 죄다 스포츠 물병처럼 키 크고 우람한 남학생들뿐이었다. 전부 다 프로선수 같았다. 저 아이들 물병을 날라 주는 볼보이라도 할 수 있으려나.

나는 이미 땀으로 흠뻑 젖은 안경을 티셔츠로 박박 닦으며 다짜에게 말했다.

"콘택트렌즈를 끼고 싶어."

"스포츠 고글을 한번 써봐."

그걸 쓰면 찌질이처럼 보일까, 아니면 개구리처럼 보일까? 참으로 답을 고르기 어려운 질문이다.

"안경 걱정은 그만하고 우리 옆에 딱 붙어 있기만 해. 그럼 분명 통과할 거야."

어느새 스티븐이 다가와 있었다.

페르마니스 선생님은 불룩한 배뿐 아니라 빵빵한 볼에서부터 빵빵한 운동화까지 온몸을 펌프질을 해서 부풀린 것처럼 빵빵했다.

"나는 선수권 대회에서 3연승을 원한다."

선생님은 머리카락이 입 안으로 들어가지 않도록 계속 신경 쓰며 말했다.

"대충 할 거면 지금이라도 그만둬라."

순간 모든 아이들의 시선이 나를 향하는 게 느껴졌다. 심지어 바람의 방향조차도 나를 코트 바깥으로 밀어내려는 것 같았다.

페르마니스 선생님이 농구공을 가득 담은 자루를 가져왔다.

"두 명씩 짝을 지어 공을 잡아."

스티븐이 나에게 공을 토스했고 우리는 패스 연습을 반복했다. 다짜와 조슈아가 하는 걸 보고 그대로 따라 했다.

"너도 팀에 들어오면 좋을 텐데."

나는 곧바로 스티븐의 가슴팍을 향해 다시 공을 패스했다.

"아직도 실감이 안 나. 내가 진짜 경기를 하다니."

선생님이 호루라기를 불었다.

"이제 본게임을 시작하자. 거기, 너희들부터 시작해."

아이들은 반으로 갈라졌고 나는 다행히 스티븐과 다짜가 있는 쪽에 끼게 되었다.

이건 시합이라기보다는 싸움에 가까웠다. 페르마니스 선생님이 빨리 감기 버튼이라도 누른 것처럼 모든 게 뿌옇게 보였다. 지금껏 3대 3 농구만 해본 나에겐 순식간에 열 개 팀이 한꺼번에 경기를 하는 것 같았다. 로켓을 등에 단 양치기 강아지마냥 미친 듯이 공을 쫓아다녔지만 정작 공은 만져 보지도 못하고 있었다.

"코너, 조슈아 마크!"

우리 팀에서 스티븐이 작전 지시를 내리는 중이었다.

"마크가 누구야?"

"쟤를 쫓아가라고!"

스티븐이 조슈아를 가리키며 소리쳤다.

내가 가까이 다가가자 때마침 득점을 한 조슈아가 지나쳐 가면서 뭐라고 말을 했지만 난 너무 심하게 헉헉대고 있어서 아무것도 들리지 않았다. 폐 속에서 불꽃이 일어 연기가 양쪽 귀로 빠져나오는 것 같았다.

"걱정 마. 나랑 다짜가 다시 뒤집을 테니까."

스티븐이 공을 튕기며 순식간에 코트를 가로질렀다. 두 명이 스티븐을 에워싸자 공은 다짜에게 넘어갔고 다짜는 불붙은 석탄 조각에 손이라도 데인 것처럼 즉시 나한테 공을 패스했다. 이럴 수가, 그 순간 나는 바로 골대 밑에 있었다.

"빨리 슛 해!"

다짜가 소리치자 나는 공이 수류탄이라도 된다는 듯이 아무렇게나 집어던졌다. 공은 골대 벽을 맞고 코트로 튕겨져 나왔다.

코트 옆에 모여 있던 여자아이들이 욕조에 억지로 집어넣은 고양이처럼 쉭쉭거리며 야유를 보냈다. 모두가 초집중해서 우리를 보고 있었다. 그 속에서 나는 토리의 빛나는 얼굴을 찾아냈다. 토리는 확성기처럼 입가에 손을 모으고 이쪽을 향해 외쳤다.

"잘했어, 코너!"

너무 기쁜 나머지 낮은 탄성이 새어 나왔다. 부모님한테 우쭈쭈 칭찬을 받은 어린아이가 된 기분이었다. 페르마니스 선생님이 클립보드에 급히 무언가를 적었다. 단순히 체크 표시만 한 게 아니라 진짜로 무언가를 쓰고 있었다. 옆에 다가온 스티븐이 내 등을 툭 쳤다.

"괜찮아."

"코너, 파이팅!"

토리와 엘레나의 외침이 들렸고 나는 숨을 고르며 다짜에게 물었다.

"시간이 얼마나 남았어?"

"몇 분 안 남았을걸."

"선생님이 클립보드에 뭘 적었다는 건 머릿속에 선수들을 결정했다는 뜻이야."

뇌 속의 스위치를 올리자 찌릿하며 팔을 타고 전기가 흘렀다.

"다시 해보자. 나한테 공만 넘겨줘, 스티븐."

"일단 상대편에게서 공을 뺏어 와야지."

상대팀이 지그재그로 코트를 누비고 있었다. 이번에는 그림자처럼 조슈아를 따르며 제대로 마크했다. 조슈아가 공을 잡자 기회를 엿보며 그 주위를 맴돌았다.

내가 코앞까지 따라붙은 것을 보자 조슈아는 꽤나 놀란 눈치였다. 그리고 주위를 둘러보며 곧바로 드리블을 시작했다. 바로 지금이다. 잽싸게 공을 낚아채 텅 빈 코트를 향해 내달리며 마음속으로 생각했다. '이건 점심시간마다 친구들과 하던 연습이랑 똑같은 거야.' 마침내 슛을 날리자 공은 골대 벽면을 맞고 그물 속으로 빨려 들어갔다.

"나이스 샷!"

스티븐이 내 등을 철썩 때리며 소리 질렀다.

아까보다 게임 속도가 조금 느려진 것 같았다. 아니면 내가 빨라졌거나. 나는 상대편의 패스 중간에 다시 공을 가로채서 반대편 골대로 달려갔다. 순간 숨을 멈추고 슛! 공은 또다시 그물을 흔들었고 그제야 숨을 내쉬었다. 연속 두 골이라니.

페르마니스 선생님의 목소리가 들렸다.

"훌륭해, 코너. 예비 득점왕이야."

조슈아가 공을 낚아채며 내뱉었다.

"운 좋은데."

"두 번이면 운이 아니지."

내 대답이 끝나기도 전에 바람같이 코트를 가로지르는 조슈아를 이번에도 순식간에 쫓아갔다. 패스 받은 공으로 블레이크가 슛을 날렸지만 골대를 맞고 스티븐에게 넘어갔다.

"어서 저쪽으로!"

스티븐이 고함쳤다.

조슈아와 나는 죽을힘을 다해 코트 반대쪽으로 뛰어갔다. 안경에 잔뜩 김이 서려 있었지만 에뮤*처럼 목을 한껏 빼고 이쪽을 바라보는 다짜의 모습이 간신히 보였다. 내가 공중으로 손을 뻗자 다짜가 엉덩이 쪽으로 아주 낮게 공을 패스했다.

"아아아아악!"

그 순간 나는 슈퍼맨이 하늘을 나는 포즈 그대로 앞으로 미끄러지고 말았다. 약 2초간 내 몸이 공중으로 솟구쳤고 뒤이어 곧장 배를 깔고 바닥에 불시착했다. 콘크리트 바닥에 긁힌 팔에는 유리 파편에 베인 것 같은 상처가 났다. 고개를 들자 조슈아의 운동화가 눈에 들어왔다.

"너 괜찮아?"

몸을 돌리는 내게 조슈아가 손을 내밀었다. 내가 엎어져 있는 바닥까지 조슈아의 손을 끌어당겨 몸을 일으켰다. 일단 무릎을 꿇은 다음 천천

---

*오스트레일리아에만 서식하는 대형 주조류(走鳥類)로 빠르게 달릴 수는 있지만 날지 못한다.

히 발을 딛고 일어섰다.

"고마워, 조쉬."

일어나자마자 온몸을 스캔했다. 손바닥이 새까맸고 상처와 멍 자국이 보였다. 손을 구부려 팔목을 돌리자 입에서 신음이 절로 나왔다. 통증 때문에 다시 쓰러질 것만 같았다.

스티븐이 당황한 표정으로 나를 보고 있었다.

"야, 너 팔에서……."

오른팔에서 피가 줄줄 흘렀다.

"아, 이런."

팔을 부여잡고 페르마나스 선생님에게 갔다. 선생님은 내 팔을 슬쩍 보더니 대수롭지 않다는 듯 말했다.

"양호실로 가보거라. 생명엔 지장 없어."

선생님 말은 틀렸다.

엄마가 날 죽일 거다.

32

또 하나의 일반상식 문제를 풀 시간이다.

왜 붕대를 팔에 감았는지 엄마에게 설명할 때 가장 그럴듯한 이유를 고르시오.

A) 이게 최신 유행이야, 엄마. 잘나가는 애들은 전부 이러고 다녀.

B) 고대 이집트에 대해 배우는 중이라 팔을 미라로 만들었어.

C) 도서관에 있었는데 웬 커다란 개가 들어와서 나를 숙제로 착각했나 봐.*

D) 학교 농구팀에 들어가려다 그랬어. (진실을 말하는 게 최선이다. 게다가 듣기에도 멋지잖아.)

*영미권 아이들은 숙제를 안 해왔을 때 흔히 "강아지가 숙제를 먹어 버렸어요"라는 변명을 자주 하곤 한다.

고약한 냄새가 나는 스파이더맨 복장으로 온갖 위험한 짓을 하고 다니던 시절부터 지금까지, 엄마는 줄곧 나를 유치원에 다니는 꼬마 취급했다.

"많이 아프니?"

"길그렌 선생님이 그냥 좀 긁힌 거라고 했어."

"일단 좀 보자."

엄마가 내 팔에 감긴 붕대를 풀어 보니 다행히 상처에서 흐르던 피는 멎었지만 팔뚝은 꼭 시뻘건 날고기처럼 보였다. 엄마가 앰뷸런스만큼이나 무거운 우리 집 응급처치 상자를 질질 끌다시피 하며 들고 왔다.

"너 혹시 반에서 나쁜 아이들이랑 싸웠니?"

사실대로 테스트에 대해 말하자 엄마의 얼굴이 순식간에 몇 년은 늙어 보였다. 마치 탕 선생님의 방에 있는 해골 모델처럼 창백했다.

"넌 농구 같은 거 하면 안 돼!"

엄마가 딱지가 앉은 상처 위에 허브로 만든 찐득한 초록색 약을 발랐다. 따끔거리고 쓰라렸지만 이내 피부가 시원해지는 느낌이었다.

"그동안 친구들이랑 계속 농구했었어."

"넌 공부를 해야 돼. 농구 시합을 하고 그림을 그릴 게 아니라."

깨끗한 붕대를 내 팔에 단단히 감으며 엄마가 또 한 번 말했다.

"공부를 열심히 해야 한다고!"

맨디가 좋아하는 노래에 한번 빠지면 끊임없이 그 곡만 불러대는 것처럼 엄마도 똑같은 얘기만 도돌이표처럼 반복하고 있었다.

"난 맨날 공부밖에 안 하잖아!"

"팔이라도 부러졌으면 어쩔 뻔했니?"

앙상하게 마른 손을 꼭 마주 잡으며 엄마가 되묻자 순간 나도 얼굴을 찌푸리고 말았다. 그건 그림을 못 그리게 된다는 뜻이기도 하니까.

"그랬으면 특목고 입학시험도 못 본다고."

그럼 아마 내 대신 답안지에 정답을 체크하는 도우미가 등장했을지도 모른다. 인간 연필쯤 되려나.

"어쨌든 다시는 농구 같은 건 하지 마."

엄마가 팔짱을 꼈다. 팔짱을 낀다는 건 '이게 마지막 경고임' 모드에 돌입했다는 걸 의미했다.

"학교 농구팀에 뽑힐지도 모르는데."

엄마는 무릎을 굽혀 나를 꼭 안았다.

"네가 이런 일로 집안 사람들을 실망시키지 않았으면 좋겠어. 넌 엄마의 희망이야. 우리 집안의 영광은 오직 너한테 달려 있단다."

아무 대답도 할 수가 없었다. 특히 가문의 영광이라는 말에는. 제단에 모신 아빠와의 대화가 간절히 필요했다. 아빠가 정말로 대답을 해주고 나를 도와줄 수 있었으면 좋겠다.

33

 엄마는 나를 데리고 병원으로 갔다. 이번엔 의사 선생님을 만나러 갈 진짜 이유가 있으니까.
 "그냥 몇 군데 긁힌 상처네. 부러진 곳은 없구나."
 탕 선생님이 진찰해야 할 사람은 내가 아니라 엄마였다. 엄마의 충격 받은 심장은 진찰을 받아 볼 필요가 있었다.
 "애가 요즘 학교에서 이상한 짓을 하고 다니나 봐요."
 엄마는 탕 선생님을 보며 한숨을 내쉬었다.
 "무슨 일을 꾸미고 다니는 거니?"
 탕 선생님이 미소를 짓자 입 크기에 비해 너무나 작은 치아가 드러났다. 금방이라도 쑥 빠져 버릴 것만 같아서 정말이지 보기에 이상했다.
 "농구를 했어요."
 내 대답에 선생님은 호탕하게 껄껄 웃었다.
 "나는 어릴 때 복싱을 좀 했었지."

그러고는 사무실에 있는 해골 모형에 위아래로 주먹을 몇 번 날렸다. 탕 선생님은 말랑말랑한 비닐봉투도 마음대로 치지 못할 것 같은데. 혹시 모르지. 하얀 가운 안에 바위처럼 단단한 근육을 숨기고 있을지도.

"엄마는 가서 최 선생님 좀 보고 올게. 탕 선생님이랑 잠깐 여기서 기다릴래?"

엄마가 나가고 난 뒤 탕 선생님은 가운을 벗더니 어퍼컷을 날리며 옷걸이에 걸었다.

"잠깐 쉬어야겠다. 커피 한잔 마시자. 너는 콜라 괜찮지?"

"그럼요."

콜라를 마셔 본 지 100년은 된 것 같다. 엄마는 절대 탄산음료를 사주지 않았다. 벌써부터 입에 침이 고였다. 1층에 있는 병원 카페로 내려갔다. 탕 선생님이 건네주는 콜라 캔을 받아 금속 꼭지를 힘껏 젖혀 올렸다. 귀에 가까이 대보니 뽀글뽀글 탄산이 올라오는 소리가 크고 또렷하게 들렸다. 처음엔 살짝 목만 축이려고 했는데 결국엔 캔을 집어 들어 벌컥벌컥 마셔 버리고 말았다.

"작문 시험 준비에 더 도와줄 건 없니?"

"네? 아, 그거요. 선생님은 고등학교 때 얼마나 열심히 공부하셨어요?"

"엉덩이에 종기가 생길 정도로 책상 앞에 앉아 있었지. 대학에 가서도 7년 동안 그렇게 공부했고."

나는 켁켁거리며 마시던 콜라를 뿜었다.

"맙소사. 졸업하면 늙은이가 되어 있겠네요."

캔 뚜껑에 고인 콜라를 조금씩 홀짝이며 탕 선생님에게 다시 물었다.

"정말로 의사가 되고 싶으셨어요?"

"맞아. 그렇다고 할 수 있지. 나는 학교 때문에 이곳에 왔고 여기서 너희 부모님을 만났단다."

"우리 아빠를 아세요?"

"아빠가 아프셨을 때 내가 담당의였지."

탕 선생님의 대답이 만화에 나오는 말풍선처럼 한동안 공중에 매달려 있는 것 같았다.

"네, 저도 알아요. 엄마가 말씀해 주셨어요. 아빠가 폐암이었다고."

"아빠는 정말 대단한 분이셨어. 밤에는 카브라마타에 있는 과일가게에서도 일하셨고."

믿을 수가 없었다. 배드민턴 챔피언이 과일가게에서 일했다니. 타이거 우즈가 세차장에서 일하는 것과 마찬가지 아닌가.

"왜 거기서 일을 하셨는데요?"

"그래야 낮에 너를 돌볼 수 있었으니까."

아빠는 여전히 나를 돌봐주고 계셨다. 내가 기도할 때마다. 카페 벽에 붙은 밝은 노란색 포스터가 눈길을 끌었다. 브라이트 라이프 공모전.

"저기, 저거……"

나는 하마터면 가방 속에 들어 있던 드래곤 그림을 꺼낼 뻔했다.

"아, 저거. 나도 심사위원이란다. 너도 참가하니?"

나는 싱긋 웃으며 대답했다.

"어쩌면요."

34

 파란색 종류가 마흔다섯 가지나 된다는 사실을 여태껏 나만 몰랐나? 지금 게일 선생님이 그 마흔다섯 가지 물감이 전부 들어 있는 벽장을 우리에게 보여 주었다.
 "색을 칠할 준비가 되면 이쪽으로 와서 나한테 알려 주렴. 그리고 이건 아주 조금만 있으면 된다. 흰색이나 검정색과 섞어서 쓸 수 있으니까."
 선생님이 꺼내 든 건 금색 물감이 들어 있는 유리병이었다.
 아, 정말 짱이다. 6학년 C반의 미술 시간엔 다른 색을 만들기 위해 이것저것 아무리 섞어 봤자 결말은 언제나 검정색이었는데. 토리와 엘레나는 즉시 달려 나가 색깔을 고르고 있었다.
 눈을 감고 나의 드래곤에 여러 가지 색을 입혀 보았다. 갈색은 너무 식상했고 붉은색은 확 튀겠지만 캔버스의 분위기를 망칠 것 같았다. 다시 눈을 뜨고 게일 선생님의 손에서 진짜 금싸라기처럼 반짝이는 금색 물감으로 시선을 돌렸다.

서서히 내 입꼬리가 올라갔다. 금빛 비늘이라면 아주 사악한 드래곤이 될 수 있을 것 같았다. 토리의 나무 팔레트에는 선생님에게 받아 온 갈색과 흰색 물감이 있었다.

"캐롤린의 머리카락 먼저 칠하려고."

"그럼 갈색 머리야?"

"응, 언니는 나보다 머리색이 살짝 더 짙어."

라이트 브라운보다 살짝 더 짙은 물감을 찾을 수 있는 곳은 아마 게일 선생님의 스튜디오뿐일 거다.

토리와 나는 요즘 들어 정말 많은 이야기를 나눈다. 나는 토리의 조각들을 퍼즐처럼 하나씩 맞추는 중이다. 토리는 아빠의 직장 때문에 이곳에 왔고 엄마처럼 선생님이 되고 싶어 한다.

"엄마는 고등학교 선생님이셔. 하지만 나는 초등학생을 가르치고 싶어."

일단 기사인 콘도르의 갑옷부터 칠하기 위해 벽장 가득한 물감들 중에서 신중하게 메탈릭 블루와 은색을 골랐다. 내가 물감이 든 병을 건네자 선생님은 물감을 조금씩 덜어 주었다.

"고맙습니다."

"네 기사들은 꼭 스포츠카 같겠구나."

나는 게일 선생님의 수많은 붓 중에서도 가장 얇은 걸 골랐다. 슈퍼모델처럼 빼빼 마른 붓이었다.

"선생님 작품들은 어디 있어요?"

"시내에 있는 갤러리에 있지. 이번 전시는 너희들의 작품이 빛나야 할 자리야. 내 작품이 아니라."

과연 나도 내 침실을 나만의 갤러리로 바꿀 수 있을까.

"선생님은 어떤 작품을 그리시나요?"

게일 선생님이 껄껄 웃으며 대답했다.

"나는 추상적인 것들을 좋아해. 이상하게 보이는."

"제 만화처럼요?"

"아마 훨씬 더 괴상할 거다."

우아, 나도 어른이 되면 게일 선생님처럼 괴상해질지 모르겠다.

토리는 캔버스를 나무 이젤 위에 세웠다. 탁자 위에 내 그림을 내려놓자 옆에 있던 엘레나가 대뜸 물었다.

"이거 다음 화 미리 보기야?"

난 그저 씩 웃었다.

"이 장면은 아마 연재가 열 번은 넘어가야 나올걸."

"벌써 그만큼이나 준비해 뒀어?"

"이 안에 다 들어 있지."

머리를 가볍게 톡톡 치며 대답했다. 특목고 시험이 끝나면 그림 그릴 시간은 더 많아질 거다.

연필을 잡듯이 얇은 붓을 집어 들자 내 손가락은 오리너구리의 부리 같은 모양이 되었다.

"지금은 철자법 시험 보는 시간이 아니야."

어느새 다가온 게일 선생님이 미끄러지듯 붓을 빼내더니 끝을 달랑거리게 잡으며 말했다. 손끝에 매달려 있는 붓이 고양이에게 먹이로 줄 생쥐 꼬리를 잡고 있는 것처럼 보였다.

"붓을 쓸 땐 자유로워야 해."

선생님은 한쪽 끝에서부터 조그만 회오리처럼 구불구불한 선을 그려 나갔다.

"네, 선생님."

게일 선생님의 목소리는 제다이에게 포스를 어떻게 사용하는지 가르쳐 주는 것처럼 차분하면서도 힘이 있었다. 과외수업에서 밴 선생님의 설명을 들을 때는 아무리 애써도 이해가 안 된 적이 많았다. 밴 선생님 목소리는 내가 무슨 잘못이라도 한 것처럼 언제나 잔뜩 화가 나 있었다.

"여기서는 뭐든지 하고 싶은 대로 하면 돼. 망설이지 말고. 난 너희들이 복사기가 되는 걸 원치 않는다."

선생님 말이 맞다. 답이 맞았는지 틀렸는지 골라내야 하는 영어나 수학이 아니다. 그림을 그리는 데 있어서 만큼은 정해진 답이 없다.

토리가 이리저리 붓을 빙빙 돌리고 있었다. 귀여운 나비 귀걸이가 사방에서 날개를 파닥거렸다.

"귀걸이 정말 예쁘다. 1년 내내 그것만 하는 거야?"

엘레나의 말을 들으며 난 혼자 빙긋 웃었다. 토리 생일에 귀걸이를 사 줄 생각이다. 맨디가 도와주겠지. 맨디의 귀에는 1년 내내 이어폰이 꽂혀 있지만.

"이거 말고도 많이 있어. 전부 한국에 있는 남자 친구가 사준 거야."

"뭐라고?"

나와 엘레나가 동시에 소리쳤다.

순식간에 내 몸이 게일 선생님의 프린터로 빨려 들어가는 기분이었다.

차라리 그 안에 말려 있는 납작한 종이가 되고 싶었다. 그랬다면 내 자신을 비행기 모양으로 접은 다음 당장 이곳에서 빠져나갔을 거다. 토리에게 남자 친구가 있는 건 당연했다. 없다는 게 오히려 이상할 만큼 토리는 너무 예뻤으니까.

천천히 스튜디오 안을 거닐던 게일 선생님이 내게 물었다.

"무슨 일이니, 코너?"

"망했어요. 그것도 아주 크게요."

"실수 좀 해도 괜찮아. 그냥 망쳐도 돼!"

이미 그렇게 되어 버렸다. 다시는 붓을 들 필요조차 없을 것 같았다.

35.

게일 선생님 수업이 끝나고 학교로 돌아가기 위해 짐을 챙기는 중이었다. 나의 지저분한 손에는 토리에게 줄 초대장이 들려 있었다. 사실은 「불타지 않는 기사단」의 캐릭터로 진즉에 초대장을 만들어 두었다. 토리는 생일 파티에 절대 올 수 없다. 남자 친구가 비행기를 탄 추격자가 되게 할 순 없었다. 초대장을 휴지처럼 꾸깃꾸깃 뭉쳐서 주머니에 쑤셔 넣었다. 갈기갈기 찢어서 여러 군데 쓰레기통에 나눠 버릴 생각이었다. 내가 토리를 좋아했었다는 사실을 아무에게도 들키고 싶지 않았다.

다시 학교로 돌아오니 수업 끝나기 5분 전이었다.

"토리, 이번 주 일요일이 코너 생일이래."

엘레나의 말에 토리가 혀를 쏙 내밀었다.

"아, 정말?"

그러고는 내게 한국말을 했다.

"생—일—축—하—해, 코너."

한국말을 하는 토리는 더더욱 끝내준다. 남자 친구랑은 항상 저렇게 한국어로 얘기하겠지.

엘레나가 내 어깨를 툭 치며 이리저리 눈알을 굴렸다.

"토리한테 생일 파티 초대장 안 줄 거야?"

"아, 그거."

어떡하지! 입안에 껌이 있는 것처럼 혀를 잘근잘근 씹었다. 구겨진 초대장이 주머니 안에서 나를 콕콕 찌르고 있었다.

"그거…… 또 하나 만들어서 줄게."

"또 하나?"

토리가 메아리처럼 내 말을 반복했다.

"아니, 내 말은……."

6학년 B반 앞에 도착하자 문틈을 통해 브레이 선생님의 낮은 목소리가 들렸다.

"괜찮아. 난 일요일에 교회도 가야 하고 가족들이랑 할 일도 있어서. 어쨌든 생일 축하해."

엘레나는 토리를 데리고 얼른 교실로 들어갔다.

괜한 앞머리를 잡고 마구 헝클었다. 갑자기 학교 안에 나만 혼자 남겨진 기분이었다. 토리에게 주려던 초대장을 꺼내다가 그제야 바지에 묻은 물감 자국을 발견했다. 지우려고 박박 문질러 보았지만 물감은 이미 말라붙어 있었다. 문득 이런 생각이 들었다. 엄마한테 숨기는 게 이렇게 많은데 이제는 좀 능숙해질 때도 되지 않았나.

36

비틀거리며 간신히 교실로 들어서자 반 아이들 모두 가방을 챙기고 의자 뒤에 서 있었다.

"헉, 너 머리가 왜 그래?"

"토리 때문에."

내가 중얼거리자 다짜가 비실비실 웃으며 끼어들었다.

"뭐야. 토리랑 키스라도 한 거야?"

"한국에 남자 친구가 있대. 엘레나한테 얘기하는 걸 들었어."

벨이 울리자 우리는 느릿느릿 교실 밖으로 걸어 나왔다.

"생일 파티는 그대로 해?"

스티븐의 말에 나는 한숨을 쉬며 대답했다.

"응. 엄마가 오늘 퇴근하고 필요한 거 사러 간댔어."

앞으로 걸어가던 스티븐이 다시 뒷걸음질 치며 내게 다가왔다.

"남자 친구를 뭐 땜에 신경 써? 한국에 있다며. 거긴 지구 반대편이라고, 친구."

옆에 있던 다짜도 거들었다.

"비록 우리 팀이 지고 있어도 난 절대 포기하지 않아. 경기 종료 벨이랑 동시에 결승골을 넣은 적도 있다고."

"그렇지만 이미 남친이 있는걸. 만약 멕시코에 있는 남자한테 엘레나를 빼앗긴다면 기분이 어떨 거 같아?"

스티븐은 허공으로 거세게 주먹질을 했다.

"그 나초 자식을 흠씬 두들겨 패야지."

침을 꿀꺽 삼켰다. 부디 토리의 남자 친구가 스티븐의 한국 버전이 아니길.

"이봐, 코너드. 이제 와서 그만두기엔 너무 멀리 와버렸어."

맨디였다.

게다가 돈도 너무 많이 썼다.

"알겠어. 아무것도 해보지 않고 이렇게 보낼 순 없지."

"우리가 도와줄게, 친구."

참 알다가도 모를 일이다. 항상 스티븐을 멀리해야 한다고 생각했는데, 이제는 스티븐이 나를 도와주다니.

집으로 돌아온 엄마는 마치 쇼핑백으로 만든 드레스를 입고 있는 것 같았다. 얼른 엄마의 짐을 받아 들고 보니 안에는 반 아이들이 전부 먹고도 남을 만큼 엄청난 양의 간식이 들어 있었다. 그러나 각종 과자와 칩, 사탕봉지들을 식탁 위에 꺼내 놓던 나는 신경질을 내면서 꽥 소리를 질렸다.

"이거 전부 상표도 없는 거잖아?"

"그릇에 담아 놓으면 아무도 몰라."

"나는 안다고."

사실 그리 나쁜 방법은 아니었다. 아무도 사탕에 손을 대지 않는다면 공부하면서 내가 다 먹으면 되니까. 어쨌든 형편없는 과자라도 없는 것보단 나았다.

"생일 축하한다!"

오늘 아침은 엄마의 특별 맞춤 알람으로 시작되었다.

눈을 비비며 침대 옆 탁자에 놓인 안경으로 손을 뻗었는데 웬 커다란 봉투가 있었다. 우아! 뭐지? 이번에는 제발 좀 쓸모 있는 선물이었으면.

"로지 이모 선물 먼저 열어 볼래?"

"응!"

엄마가 옷장 속에 일주일이나 숨겨 두었던 커다란 상자를 건네주자 나는 일단 좌우로 흔들어 보았다.

"흔들지 마. 그러다 부서지겠다."

안에 든 건 피아노 키보드였다. 침대 위에 키보드를 올려놓으며 엄마에게 물었다.

"도대체 이게 뭐야?"

엄마가 피아노 악보와 봉투를 건넸다.

"네가 피아노를 배웠으면 한다면서 로지 이모가 보낸 거야. 다음 달부터 배울 수 있게 쉬밍 선생님 학원에 등록해 뒀어. 제2의 랑랑이 되는 거지."

나는 만화로 유명한 제2의 스탠 리*가 되고 싶을 뿐인데 클래식 피아노가 웬 말인가. 검은 건반과 흰 건반을 번갈아 눌러 보았다.

"기타를 배우는 건 어때? 스티븐이 갖고 있는 기타 히어로 게임을 빌려서……."

"게임은 안 돼."

엄마는 단호했다.

"아니면 드럼은?"

"그런 건 두뇌를 사용하는 게 아니야."

나는 당장 뭐라도 두들기고 싶은 심정이었다.

"언젠간 오케스트라에서 라이언이랑 함께 연주할 수 있을지도 모르잖니."

피아노 악보를 휙휙 넘겨 보았다. 음표가 꼭 외계 언어처럼 보였다. 이제 플루트를 연주하는 최 선생님 딸 하나만 불러오면 된다. 우리 셋이 결성할 밴드 이름은 '울트라 찌질이'. 그게 딱 어울리겠다.

"이건 나중에 다시 얘기하고, 일단 가서 옷 갈아입어라. 새 옷들 싹 다 림질해서 거실에 두었으니까."

혹시 엄마가 내 작품을 보게 된다면 피아노 따위는 당장 집어치우라고 하지 않을까. 브라이트 라이프 공모전에서 수상만 할 수 있다면 앞으

---

*만화가이자 출판인. 「스파이더맨」의 원작자이며 현재는 마블 코믹스 명예회장이다.

로 10년 동안 춘절에 받을 붉은 봉투도 기꺼이 포기할 수 있다.

식탁에 놓인 사탕과 스낵들을 보니 군침이 돌았다. 형편없던 흑백 포장지들은 어느새 싹 사라지고 없었다. 거실 소파에 있던 나의 신상들을 집어 드니 청바지 여기저기에 커다란 흰색 반점이 보였다.

"바지에 묻은 잉크 자국을 지우느라 얼마나 힘들었는지 아니?"

"그건 디자인이라고!"

얼른 핑크색 티셔츠의 찢어져 있던 부분을 확인하니 아직 무사했다. 다행히 엄마가 옷을 꿰매 버릴 생각까지는 안 했나 보다. 여기저기 빼곡하게 붙어 있는 상장과 사진들을 보니 꼭 앨범 몇 개가 벽에서 폭발한 것 같았다. 제발 스티븐과 다짜가 먹느라 정신이 팔려 저걸 보고 웃어대지 않길 바랄 뿐이다.

밴 선생님 수업에 들어가자 아이들이 전부 이상한 눈빛으로 나를 쳐다보기에 혹시 바지 지퍼가 또 열린 건 아닌지 거듭 확인했다. 자리는 여전히 세 번째 줄이었다. 나를 보자 라이언이 다가왔다.

"생일 축하해, 코너!"

"어, 고마워."

이상하네. 어떻게 알았지.

"이따가 생일 파티에서 봐. 나도 초대했다고 너희 엄마가 말씀해 주시더라."

그럼 그렇지. 라이언이 초대장을 받았을 리가 없잖아. 혹시나 쓰레기통을 뒤져 갈가리 찢어진 토리의 초대장을 찾아냈다면 몰라도. 불쌍한 라이언. 스티븐과 다짜한테 호되게 당할 텐데.

"공부해야 하는 거 아니니? 입학시험이 3일 남았어."

나는 가장 살벌한 엄마의 목소리를 흉내 내며 물었다. 어쩌나 비슷했던지 정작 내가 움찔할 정도였다.

"오늘은 바이올린 연습 없어?"

"없어."

"오늘 오후에는 총리 만나러 안 가?"

라이언은 큰 소리로 웃음을 터뜨렸다.

"그딴 것 때문에 네 파티에 빠질 순 없지."

만나러 가는 편이 나을 텐데. 철자법 콘테스트나 연설대회 따위 얘기를 하면 스티븐은 라이언을 창문 밖으로 던져 버릴지도 모른다. 어쩌면 라이언을 엄마의 베이비시터로 임명하고 두 사람을 침실에 가두는 게 낫겠다. 그래야 라이언도 안전할 테니까.

밴 선생님이 들어오자 라이언은 맨 앞자리로 돌아갔다. 층층이 쌓인 새하얀 시험지가 눈부시게 빛나고 있었다.

"이 모의고사는 마지막을 위해 준비했다."

밴 선생님의 사악한 웃음 뒤엔 항상 발작적인 기침이 이어졌다. 실제 시험처럼 네 과목 시험지가 한 묶음으로 스테이플러가 찍혀 있었다. 독해, 수학, 일반상식, 그리고 작문까지. 독해 문제부터 시작했다. 밴 선생님은 애완동물 가게의 강아지처럼 쉴 새 없이 짖어댔다.

"한 문제당 30초다. 모르겠으면 일단 넘어갔다가 다시 풀어라."

과외수업이 끝나자 라이언이 따라 나왔다.

"엄마가 태워다 주신대."

"좋아, 시간 딱 맞겠다."

손목시계를 들여다보며 대답했다.

차에 올라타니 옆자리에 반짝이는 쇼핑백이 놓여 있었다. 백미러에 비친 응우옌 아줌마와 눈이 마주쳤다.

"생일 축하한다. 이제 정말 다 큰 어른이구나!"

친구들보다 늦게 집에 도착하면 다 큰 얼간이가 될 수도 있다. 내가 없으면 엄마가 현관에서 아이들에게 입실 자격 테스트를 실시할지도 모른다. 응우옌 아줌마는 운전만큼이나 말도 참 빨랐다. 지난번 공개 연설대회에서 또 상을 탄 이야기가 나오자 라이언은 창문에 바싹 붙어 얼굴을 찌푸러뜨리며 아줌마의 팔을 꼬집었다.

"엄마, 그만 좀 해!"

라이언이 당황하는 모습은 정말 의외였다. 응우옌 아줌마가 하도 자랑을 하고 다녀서 이젠 질려 버렸나 보다.

차에서 내리자마자 총알같이 계단을 뛰어 올라갔다. 집 안은 조용했고 깨끗이 정리되어 있었다. 치킨 윙과 볶음밥, 그리고 스프링 롤 냄새가 한꺼번에 나고 있었다.

"우아! 텔레비전이랑 게임도 나와 있었네!"

하도 오랜만에 봐서 오늘 처음 선물 받은 것처럼 새로웠다. 라이언이 커피 테이블에 가방을 놓더니 컨트롤러를 집어 들었다.

"이거 세팅해 줄까?"

"그럼 땡큐지."

라이언은 닌텐도 위와 텔레비전을 프로처럼 순식간에 연결했다. 저런 걸 내가 어떻게 했었는지 이제 기억조차 나질 않았다. 엄마 침실 문은 닫혀 있었다. 아마 준비를 전부 마치고 낮잠이라도 자는 모양이다. 방문에 귀를 바싹 갖다 대보았지만 코 고는 소리는 들리지 않았다. 나중에 꼭 엄마 생일 파티를 열어 주고 청소까지 내가 다 해야지.

계단을 타고 맨디의 목소리가 들리기 시작했다. 얼른 현관으로 달려가 문을 열자 맨디를 선두로 아이들이 전부 함께 올라왔다. 너무 흥분됐다. 티셔츠 사이로 수증기가 뿜어져 나오는 기분이었다. 나를 보자마자 맨디가 야수처럼 돌진하는 바람에 순간 껴안으려는 줄 알고 아주 잠깐 당황했다. 그러나 언제나처럼 돌아오는 건 강펀치였다.

"열한 번 넘었어!"

나는 항복하는 사람처럼 손을 번쩍 들어 올리며 외쳤다.

"티나 것까지 같이 하는 거야."

"내 주먹은 너무 약하니까."

"그럼 이쪽도 쳐야 공평하지."

반대쪽 어깨를 내밀자 스티븐과 엘레나, 다짜가 차례로 내 어깨에 강펀치를 날렸다. 어깨 패드라도 하고 있을걸 그랬다. 아이들이 모두 들어오자 거실은 사람이 가득 찬 엘리베이터 같았다. 스티븐과 다짜는 바닥이 곧 무너지기라도 할 것처럼 조심스럽게 카펫에 발을 디뎠다. 벽에 가득한 성적표와 상장을 보더니 스티븐이 휘파람을 불었다.

"엄마가 진짜 너를 자랑스럽게 생각하시는구나?"

"응, 우리 집안 전체가 그래."

한쪽에 있는 아빠의 제단을 흘끗 보며 대답했다. 파티 음식을 따로 덜어 두었다가 아빠에게도 좀 드려야겠다. 이따가 오후에는 아빠의 제단 앞에서 그림을 그리며 시간을 보낼 생각이었다.

다짜는 벽에 붙은 두루마리 족자를 구경했다.

"그건 내 이름을 중국어로 쓴 거야."

"그럼 이게 코너라고 쓴 거야?"

"아니, 내 중국어 이름은 왕캉루이야. 루이는 똑똑하다는 뜻이래."

엄마가 항상 해주던 말을 내가 되풀이하고 있네.

"나도 이렇게 쿨한 이름이 있으면 좋겠다."

모두가 들고 온 선물을 라이언의 가방 옆 커피 테이블에 올려 두자 나는 심호흡을 크게 한 번 하고 아이들에게 라이언을 소개했다.

"다짜, 여긴 라이언이야. 나랑 과외수업을 받고 있어."

"그럼 너도 코너랑 같이 특목고에 가는 거야?

"우리 둘 다 붙으면 그렇지."

이제는 쓸모가 없어진 청바지를 맨디에게 보여 주었다.

"어때? 이 옷 괜찮아 보여?"

"후훗, 얼룩이 하얀 점으로 바뀌었네."

장소를 거실에서 부엌으로 옮겼다.

"얼른 먹자. 안 그럼 엄마가 완전 서운해할 거야."

"냄새 죽이는데. 난 중국 음식을 거의 먹어 본 적이 없어."

스티븐은 천장까지 닿을 만큼 많은 음식을 접시에 쌓아 올렸다.

"그렇게 느끼지도 않네."

손가락을 쪽쪽 빨고 있는 다짜에게 나는 설명을 덧붙였다.

"응, 조미료가 전혀 안 들어가서 그래."

스티븐이 두 번째에 이어 세 번째 접시를 비우는 동안 라이언은 다짜와 이야기를 나누었다. 아직까진 다짜가 하품을 하지 않았다. 그때 현관에서 짤랑거리는 열쇠 소리가 들렸다.

"내가 나가 볼게."

맨디가 문을 열자 하얀색 종이 상자를 든 엄마가 거실로 들어왔다.

"안녕, 얘들아!"

"안녕하세요, 아줌마."

아이들의 목소리는 "안녕하세요, 치암파 선생님"이라고 할 때와 똑같은 톤이었다. 나는 즉각 엄마를 위한 자기소개 시간을 가졌다.

"스티븐, 다짜, 티나, 엘레나. 엘레나는 우리 학교 회장이야."

엄마가 스윽 입술을 핥았다. 마치 사람의 뇌가 먹고 싶은 좀비처럼.

"어머나! 넌 정말 스마트한 학생이겠구나."

"감사합니다, 아줌마."

맨디를 쿡쿡 찔렀는데 용케 피하더니 대신 내 머리를 퍽 내리쳤다. 맨디의 손은 헤어젤 때문에 언제나 끈적끈적했다.

"으으으웩."

엄마는 스티븐을 위아래로 훑어보고 있었다. 스티븐이 입고 있는 티셔츠에는 레슬링 선수가 몸싸움을 하는 그림이 있었는데 엄마 기준에선 경찰에 신고하고도 남을 수준이었다.

"안녕, 스티븐. 지난번에 코너 머리 잘라 준 거 고맙다."

"별말씀을요. 몇 주 있다가 또 갈 거예요."

"그래? 삼촌께서 또 해주신대?"

"삼촌요?"

허둥지둥 엄마를 저만치 끌어당겼다.

"지금 케이크 먹을까?"

"그래. 친구들 전부 부엌으로 데리고 오렴."

엄마가 초콜릿 머드 케이크를 꺼내 초를 꽂는 동안 냉장고 앞을 얼쩡거리던 스티븐이 자석으로 붙여 놓은 신문 기사들을 발견하고 말았다.

"어, 라이언이 신문에 나왔네?"

아, 이런! 나는 얼른 신문 기사를 떼어 내고 스티븐을 식탁으로 바싹 밀었다.

"이봐, 라이언. 신문에 나오다니 진짜 대단한데."

"아, 그거. 별거 아냐."

엄마가 카메라를 꺼내 들자 맨디가 혼자 키득키득 웃으며 말했다.

"스티븐, 조심해. 안 그럼 코너가 자기 방으로 도망갈지도 몰라."

초에 불을 붙이자 다짜가 생일 축하 노래를 부르기 시작했다. 스티븐의 목소리가 어찌나 쩌렁쩌렁했던지 밖에 주차된 자동차 경보기가 울릴 것만 같았다. 후, 촛불을 불며 눈을 감고 소원을 빌었다.

부디 내 계획이 성공하길.

37

케이크를 먹으며 닌텐도 위 게임이 한창이었다. 설거지를 마친 엄마가 행주에 손을 닦으며 거실로 나오기 전까지는.

"코너, 이제 친구들 선물을 풀어 보렴. 그러고 나서 공부해야지."

혀를 깨물었다.

"엄마, 지금 그렇게……."

"괜찮아. 가야 할 때가 언제인가를 알고 가는 이의 뒷모습은 아름다운 법이지."

스티븐이 내게 게임 컨트롤러를 건네며 말했다.

"아냐, 엄마는 단지……."

어느새 내 이마로 땀이 흐르고 있었다.

"농담이야, 인마. 너 곧 시험이잖아."

맞는 말이다. 하지만 내가 걱정하는 건 시험 말고 따로 있었다.

스티븐의 선물부터 풀기 시작했다.

"나랑 엘레나가 같이 산 거야."

그러자 엘레나가 스티븐 등을 찰싹 치며 끼어들었다.

"엘레나랑 나랑이라고 해야지."

"그게 그거지 뭐."

"책인 것 같은데."

엄마는 꽤나 만족스러운 얼굴이었다. 포장을 뜯자마자 나는 비명을 질렀다.

"우아아아, 이거 만화 그리기 백과사전이잖아."

"팬텀 존에서 세일하더라고."

"거기가 뭐 하는 데니?"

"만화책 파는 가게예요."

"음, 그래."

엄마가 나와 스티븐의 사진을 찍었다.

"그 옆에 지구본처럼 생긴 것도 풀어 보렴, 코너."

"지구본요?"

다짜가 자신의 선물을 체스트 패스로 나에게 넘겼다. 포장지를 벗기자 밝은 오렌지색 농구공이 나타났다.

"어, 이건 지구가 아니라 화성 모형 같은데."

다짜가 웃음을 터뜨렸다.

"이젠 집에서도 연습하라고. 너 전에 농구 골대 살 거라고 했잖아."

엄마의 양미간에 주름이 생겼다.

"코너는 이제 농구 못 한단다. 팔도 아직 다 낫지 않았고."

"이제 괜찮아, 엄마."

지금 내 두통에 비하면 팔은 아무것도 아니었다. 이번에는 맨디가 쇼핑백을 건넸다.

"넌 아마 우리 선물을 사랑하게 될 거야."

맨디와 티나의 선물은 연한 회색부터 진한 검정색까지 최상급 스케치 연필 스물네 개들이 세트였다.

"고마워."

나는 더듬거리며 엄마를 향해 말도 안 되는 설명을 했다.

"어, 엄마. 이건 시험 답안지에 마킹할 때 쓸 거야."

티나가 킥킥거리며 덧붙였다.

"맞아. 그때 사용하도록 해. 그리고 유명한 아티스트가 되면 우리 모른 척하면 안 돼."

티나 얘기를 들은 엄마가 모래라도 들이마신 것처럼 기침을 했다.

"유명한 뭐가 된다고?"

"코너가 「핫 스팟」 매거진에 끝내주는 만화를 연재하는 중이에요. 어쩜, 아직도 엄마한테 말씀 안 드린 거야?"

내가 달려들어 손으로 입을 틀어막자 맨디는 뒷걸음치며 소리 질렀다.

"으웩!"

누구 얼굴이 더 빨개지나 경쟁이라도 하듯이 서로를 쳐다보는 우리 모습이 엄마의 카메라에 고스란히 찍혔다. 빨간 얼굴 제거 기능은 카메라에 없는 걸까.

"라이언 선물도 풀어 봐야지."

엄마의 말은 곧 라이언을 좀 챙기라는 뜻이었다. 라이언의 선물을 풀자, 오, 이런, 세상에, 맙소사!

만화 「드래곤 윙스」에 나오는 작은 용 조각상이었다. 아치 모양의 발톱을 하늘로 치켜든 섬뜩한 모습을 하고 있었다. 엄마의 표정 역시 조각상처럼 섬뜩해졌다.

"라이언, 엄마 말씀으로는 네가 코너한테 현미경을 사줄 거라고 던데."

"코너는 과학에는 별로 관심 없어요. 그림 그리는 걸 좋아하죠."

방금 라이언의 열혈팬 한 명이 떨어져 나갔다. 현관에서 노크 소리가 났고 응우옌 아줌마가 도착했다. 용 조각상을 본 아줌마는 펄쩍 뛰었고 그것은 파티가 끝났음을 의미했다.

"우리 이제 가봐야겠다. 나중에 학교에서 보자."

스티븐이 나에게 하이파이브를 했다.

"음식 정말 맛있었어요. 감사합니다, 아줌마."

다른 아이들도 모두 스티븐이 한 말을 똑같이 되풀이하고 밖으로 나갔다.

나는 선물 포장지가 안쪽에 처박힌 신발을 구겨 신고 얼른 현관으로 달려 나가 모두에게 작별 인사를 했다.

"오늘 와줘서 정말 고마워."

맨디가 마지막으로 내 어깨에 펀치를 한 방 날리고 저만치 사라졌다.

엄마와 응우옌 아줌마가 「드래곤 윙스」 조각상에 대해 끊임없는 토론을 하는 동안 거실을 대충 정리하고, 라이언이 집으로 돌아가기 전까지 닌텐도 위 게임을 더 했다.

"나중에 보자."

"네가 준 선물이 최고였어."

진심이었다. 이 선물 덕분에 라이언 역시 집에 가서 엄마한테 끊임없이 잔소리를 들을 게 뻔했다.

소파에 털썩 주저앉아 선물들을 일렬로 죽 늘어놓았다. 엄마가 현관문을 쾅 소리가 나게 닫으며 들어왔다.

"이제 알겠다. 네가 왜 갑자기 머리 모양을 바꾸고 옷을 사들였는지……. 전부 다 친구들 때문이야. 그 스티븐이라는 아이가 문제였어."

"스티븐은 나쁜 친구가 아니야."

"더 이상 개랑 어울리지 마라. 우리 집안에 먹칠을 하게 될 거야."

아무리 해도 엄마를 이길 수는 없었다. 심지어 나의 「불타지 않는 기사단」이 온다 할지라도. 엄마는 방금 내 심장에 칼을 찔러 넣었다.

"친구보다는 가족이 훨씬 더 중요해. 너도 언젠가는 이해하게 될 거다."

"빨리 시험이 끝났으면 좋겠어. 그럼 밴 선생님 집에 다시는 갈 일 없을 테니까."

조각상의 귀에 대고 낮게 속삭였다.

"7학년 선행 학습반이 다음 달에 시작해. 수학이랑 국어, 그리고 과학."

이게 문제다. 엄마한테는 소머즈 귀가 달려 있다. 친구들에게 받은 선물을 엄마가 전부 커다란 쇼핑백에 쏟아 넣었지만 용 조각상만큼은 손에 꼭 쥐고 있었다.

"특목고에 가면 공부를 훨씬 더 열심히 해야 돼. 거기서는 지금처럼 좋은 성적을 받기가 힘들단 말이야."

"그럼 왜 굳이 특목고에 가야 하는 건데? 거기 가서 찌질이 중에 최고 찌질이가 되란 말이야? 다른 애들을 전부 제치고?"

"좋은 성적을 받아야 대학에 갈 수 있으니까. 그리고 넌 왕 씨 집안 최초로 대학에 가게 될 거니까."

엄마는 아득한 눈빛으로 내 두 손을 잡았다.

"너한테 이런 기회를 주려고 엄마는 정말 열심히 일했어."

그렇지만 내 손은 숙제나 피아노 말고도 해야 할 일이 있었다.

"나는 말이야……."

마지막 문장을 끄집어내려고 안간힘을 써보았다. 더 이상 스케치북을 숨기고 싶지 않았다. 진짜 내 모습을 엄마한테 보여 줘야만 한다.

38

월요일 아침, 나는 다른 날보다 늦게 일어났고 맨디는 우리 집 현관문을 두드리지 않았다.

맨디는 험프티 덤프티* 같은 모습으로 벽돌로 된 우편함 벽에 주저앉아 있었다.

"너희 엄마 아직도 나한테 화나셨어?"

"앞으로 스티븐이랑 다짜랑 어울리지 말래."

"그럼 나는 살았구나."

한숨을 내쉬며 맨디가 대답했다.

내가 특목고에 가면 분명 맨디도 살아남지 못할 거다. 난 원래 친구가 없었으니 뭐 그리 이상한 일도 아니다. 엄마는 내가 찌질한 왕따가 되길 바란다.

*영어 동요 'Mother Goose Rhyme'에 나오는 주인공으로 높은 담벼락에 앉아 있다가 떨어져 깨진 달걀을 의인화한 모습이다.

나는 반들반들한 팸플릿 한 권을 맨디에게 내밀었다.

"이것 좀 봐. 식탁에서 발견했어."

맨디가 팸플릿에 인쇄된 글자를 큰 소리로 읽었다

"스터디 캠프라니? 이 두 단어는 함께 사용할 수 없는 거야."

"난 아마 방학 때 여기 갈 거야. 찌질이로 사는 건 정말 끔찍해."

"그러지 마. 쿨한 찌질이가 되면 되잖아."

"함께 사용할 수 없는 두 단어가 방금 또 나왔거든."

맨디가 엠피스리 플레이어를 만지작거렸다.

"제이슨 보보도 우주에서 둘째가라면 서러운 찌질한 괴짜야. 하지만 얼마나 귀여운데."

"한국에 있는 토리 남친은 분명 키가 큰 농구광일 거야."

"그래서 내가 토리에 대해 조사를 좀 했지."

"또 스파이 짓이라도 한 거야?"

맨디는 주섬주섬 종이쪽지를 주머니에서 꺼냈다.

"엘레나 말이 토리 생일이 12월 20일이래. 궁수자리야."

"그게 뭔데? 공룡 발자국 같은 거야?"

맨디는 나를 향해 눈알을 부라리더니 다시 쪽지를 읽어 내려갔다.

"궁수자리 여자랑 물고기자리 남자는 꽤 잘 어울려. 둘 다 엉뚱한 상상력이 풍부하고 자신의 꿈을 좇는대."

뭐 여기까진 그럭저럭 듣기 괜찮네. 손가락으로 엠피스리 화면을 넘기며 맨디가 이어폰 한쪽을 내 귀에 꽂았다.

"그러니까 아직 기회가 있다고, 코너드."

플레이 버튼을 누르자 제이슨 보보가 내 귀에서 쾅쾅대며 울리기 시작했다. 이 노래의 제목은 '난 네게 반했어'*였다. 나와 맨디는 마주 보며 활짝 웃었다.

"고마워, 맨디."

제이슨 보보가 찌질한 괴짜면서 유명한 가수라니. 그럼 나도 두 가지를 한꺼번에 할 수 있지 않을까?

게일 선생님이 특유의 보스 같은 태도로 수업을 시작했다.

"오늘이 작품을 끝낼 마지막 기회다. 각 클래스에서 두 작품씩 모두 여섯 개의 작품이 최종 결선에 오를 거다."

이 동네에서 그림 좀 그린다는 아이들과 하는 경쟁이었다. 나는 붓을 이리저리 움직이며 캔버스 위에 터치 연습을 했다. 어서 빨리 그림을 완성하고 싶어 손이 근질거렸다. 그런데…….

갑자기 기관총을 쏘는 것 같은 요란한 노크 소리가 들리더니 앨몬트 선생님이 스튜디오로 들어왔다. 엄마와 함께. 엄마의 손에는 학부모 동의서가 들려 있었다. '엄마'의 서명이 있는 바로 그 동의서였다. 나는 풍선을 불 때처럼 거칠고 힘겹게 숨을 몰아쉬기 시작했다. 머릿속엔 아무런 이유도, 변명도, 그 어떤 것도 떠오르지 않았다. 엄마에게 내 그림을 보여 주는 장면을 상상해 왔지만, 이런 식은 아니었다.

화려한 스튜디오의 분위기 따위는 철저히 무시해 버린 엄마가 오직 나

---

*원문은 '인기 스타에게 완전히 반한'이란 뜻의 형용사(Starstruck)다.

에게만 시선을 고정한 채 이쪽으로 돌진했다. 그리고 그림들을 가리키며 소리쳤다.

"엄마는 교대 근무 시간까지 줄이고 너를 데리러 왔어. 집에 가서 시험 공부하라고. 그런데…… 어떻게 이런 짓거리를 하고 있니!"

"그건 내가 그린 게 아냐. 내 건 저쪽에 있어."

"어서 집으로 가."

날카롭게 날 선 목소리였다.

"엄마, 한 번만……."

엄마는 거칠게 내 책가방을 집어 들며 휙 돌아섰고 그 바람에 등받이 없는 의자가 커다란 소리를 내며 쓰러졌다. 그리고 폭풍우가 휘몰아치듯 문밖으로 거침없이 나가 버렸다.

"일단 집으로 가는 게 좋겠다."

앨몬트 선생님의 목소리였다.

토리와 엘레나는 자신 앞에 놓인 그림만 바라보았고 게일 선생님도 나를 외면했다. 가짜 아티스트 행세를 하다 들킨 범죄자가 된 것만 같았다.

"너한테 정말 실망했다."

엄마의 목소리가 다른 교실까지 울려 퍼졌고 나는 그제야 수행 경호원이라도 된 것처럼 벌떡 일어나 엄마를 향해 달려갔다. 엄마의 분노는 교문을 빠져나오면서 춘절에 터뜨리는 폭죽이 터지듯 폭발하고 말았다.

"너무 창피해서 말이 안 나온다. 아티스트가 왜 좋은 직업이 아닌지 정말 모르겠니? 넌 그런 걸 하기엔 너무 똑똑해."

"난 똑똑하지 않아."

나도 모르게 불쑥 내뱉었다.

"과외수업 가면 아무것도 배우는 게 없다고. 그냥 다 외우기만 할 뿐이야."

일주일 내내 하루 24시간 공부만 하면 누구든지 똑똑해질 수 있다.

우리가 탄 버스는 집 앞에 도착할 때까지 시드니의 모든 정류장을 순회하는 것만 같았다. 거실로 들어서자 엄마는 책가방을 돌려주었다. 나는 가방을 거꾸로 뒤집어 안에 있는 물건을 전부 쏟았다. 교과서와 연필이 카펫 위로 떨어지며 튕겨 나갔다.

"내 스케치북은 어디 있어?"

"이제 그림은 그만 그려. 이상한 친구들하고 어울리더니 거짓말까지 하고. 네 아빠가 아시면……."

"그럼 뭐?"

결국 엄마는 말끝을 흐렸다.

아마 그랬다면 아빠는 나를 이해해 주셨을 거다. 나는 이리저리 조작하는 대로 움직이는 피규어 인형이 아니다. 좋아하는 일, 그리고 내가 잘할 수 있는 일을 하면서 가문을 빛내고 싶을 뿐이다.

엄마가 쿵쾅거리며 방으로 들어가 거세게 문을 닫아 버리자 나는 바닥에 떨어진 뾰족한 연필을 집어 들어 못처럼 벽에 꽂았다. 그리고 아빠의 제단 옆에 주저앉았다. 아티스트가 얼마나 근사한 직업인지 이미 아빠한테는 수백 번도 넘게 이야기했다. 이제 엄마만 들어 주면 되는데.

39

 집이 감옥이다. 아니, 감옥보다 끔찍하다. 최소한 감옥엔 텔레비전도 있고 더 맛있는 시리얼도 있을 테니. 집에 밧줄이 있었다면 엄마는 나를 책상 앞에 꽁꽁 묶어 놓았을지도 모른다. 목요일과 금요일에는 학교에도 가지 못하고 집에서 공부해야 했다. 나는 언제나 개근상을 받았지만 더 이상 엄마한테 올해의 개근상 따위는 문제가 되지 않았다.
 혹시 엄마 방에 감시 카메라나 레이저 감지기가 설치되어 있을까 봐 스케치북 구출 작전은 시도조차 할 수 없었다. 아빠의 제단 앞에 향긋하고 신선한 오렌지 세 개가 놓여 있는 걸 보니 엄마가 심각한 기도를 올린 것 같았다. 향을 집어 들고 부엌으로 가서 라이터를 가져와 아빠의 제단 앞에 무릎을 꿇었다. 특유의 향기를 머금은 하얀 연기가 공중으로 피어올랐다.
 "아빠가 나 도와주려고 했던 거 알아. 게일 선생님 수업이나 병원 공모전 말이야. 그런데 엄마는 여전히 내 말을 들으려고도 하지 않아. 그러니까……."

혹시 화재 경보가 울릴지도 몰라서 냉큼 일어나 창문을 열었다.

"나한테 한 번만 더 기회를 줘, 아빠. 엄마한테 내가 아티스트가 될 수 있다는 걸 보여 주고 싶어."

향로에 향을 꽂고 마지막으로 사진 속 아빠의 반달 눈을 바라보았다.

수요일 오후에는 맨디가 노트와 숙제를 가지고 집에 찾아왔다.

"무슨 일인지 엘레나한테 다 들었어."

맨디는 방 안 분위기를 살피며 낮게 속삭였다.

"괜찮아. 엄마는 출근하고 없어."

과연 괜찮은 건지 확신할 순 없었지만 일단은 그렇게 말했다. 어쩌면 엄마는 나한테 없는 세계 최신판 참고서를 구하러 외출했을지도 모른다.

맨디는 짤막하게 학교 소식을 전해 주었다. 스티븐과 다짜는 학교 농구팀에 뽑혔고 토리는 다음 주 일요일에 있을 브라이트 라이프 공모전 결선에 진출했으며 제이슨 보보는 드라마 〈글로리아 로살리나〉에 나오는 여배우와 데이트 중이었다.

"게다가 그 여자는 처녀자리란 말이야. 우우우우ㅡ!"

늘 그랬듯 맨디는 내 어깨에 펀치를 먹였다.

"어쨌든 내일 시험 잘 봐."

"고마워. 다시 학교 가면 그때 보자."

시험 직전 마지막 과외수업이었다. 이별 선물로 화이트보드 마커 펜 한 통을 드렸지만, 밴 선생님은 새 마커를 건드리지도 않았다.

"오늘은 아무 자리에나 앉아라."

맨 앞줄로 가려고 일어섰는데 누군가 재빨리 내 옆자리에 털썩 앉아 버렸다.

"우아, 여기서는 화이트보드 글씨가 너무 작게 보이는데."

라이언이었다.

"농담이야."

과목마다 줄줄이 이어지는 어려운 문제들을 풀고 나서 최후의 작문 답안을 작성했다. 이젠 글을 쓰기 전에 개요를 준비할 필요도 없었다. 나는 진짜 탕 선생님이라도 된 것처럼 의사라서 좋은 점에 대해 거침없이 술술 써 내려갔다. 밴 선생님은 활짝 웃으며 마지막 말을 남기고 수업을 마쳤다.

"떨어지지 마라."

선생님에게 마지막 모의고사 시험지를 제출했다.

"이번엔 좀 잘 본 것 같아요. 하지만 이제 와서 모의고사 결과 같은 건 아무 상관없겠죠?"

밴 선생님이 내 쪽으로 몸을 바짝 기울이며 말했다.

"비밀 하나 알려 줄까?"

고개를 끄덕이며 생각했다. 정말 시험에서 유용하게 쓰일 조언이거나 아니면 DABDCABC처럼 정답 찍기 요령이길.

"이건 그냥 시험일 뿐이야. 세상이 끝나는 게 아니라고."

선생님은 찻잔에 뜨거운 물을 부었다.

"엄마한테 그렇게 말씀 좀 해주세요. 너무 스트레스 받아요."

찻잔에서 피어오르는 하얀 수증기를 바라보며 선생님이 대답했다.

"나도 알고 있다. 부모님은 항상 자식을 닦달하지. 컴퓨터처럼 공부하라고."

난 또다시 고개를 끄덕였다.

"부모의 강압에 아이들은 마우스도 못 쓰는 컴퓨터가 되어야 하고."*

우리 집 마우스는 엄마가 핸드백 안에 넣어 가지고 다닌다. 덕분에 난 컴퓨터를 사용할 수 없고.

"중국에선 스트레스가 더 심하단다. 인구는 너무 많고 대부분 가난해. 돈을 잘 버는 직업이 더 나은 삶을 의미하지."

그건 엄마와 아빠가 이곳으로 이주한 까닭이기도 했다. 오스트레일리아에는 일자리가 널렸으니까. 하루 종일 과일에 스티커만 붙이는 사람도 있다. 바람직한 직업인 데다가 굶주릴 일도 없다.

"감사합니다, 선생님. 그리고 걱정하지 마세요. 이제 더 이상 그림 안 그려요."

밴 선생님이 미소를 지었다.

"그저 최선을 다하면 된다."

바로 그게 문제다. 가끔은 내 최선으로 충분하지 않을 때가 있으니까.

---

*'마우스도 없이'라는 말은 원래 'without a mouth' 즉, '찍 소리도 못하고 공부만 해야 한다'라는 의미인데 작가가 다음 문장에 나오는 코너의 컴퓨터 마우스를 염두에 두고 'without a mouse'로 말장난을 한 것이다.

40

 엄마가 아빠의 제단 앞에서 기도를 하고 있었다. 저기서 꼬박 밤을 새운 것 같다.
 "와서 오늘 시험 잘 보게 해달라고 기도 드리렴."
 아빠 앞에 무릎을 꿇었다. 이 시험으로 모든 게 끝나기를 바랐지만 한편으론 보란 듯이 합격하고 싶은 마음도 있었다. 더 이상 과외수업에 돈과 시간을 낭비하고 싶진 않았다. 엄마는 책가방을 다시 한 번 확인했다. 가방 안에 든 연필과 지우개는 오늘 시험 보러 오는 모든 아이들에게 나눠 주고도 남았다. 엄마가 목에 팔을 두르며 나를 꼭 감싸 안았다.
 "부디 가족들을 기쁘게 해다오."
 "응, 그럴게."
 계단 아래서 기다리고 있던 맨디는 나를 보자마자 벌떡 일어나 내 등에 대고 우두둑 손가락 관절을 꺾었다.
 "제발 오늘은 노래 부르지 않겠다고 약속해 줘."

맨디는 학교 가는 길에 언제나 큰 소리로 노래를 불렀다. 교문에 도착할 때쯤이면 나도 똑같은 노래를 흥얼거리게 되곤 했다.

내 인생에 스티븐과 다짜 금지령이 내려졌다는 사실을 애들에게 말해야만 했다. 그건 어린아이에게 산타클로스가 없다고 폭로하는 거나 매한가지였다. 하지만 나를 발견한 스티븐과 다짜는 저 멀리서부터 뛰어와 퍽 하고 등을 쳤다.

"너 죽은 줄 알았어."

"시험에서 떨어지면 아마 그렇게 될 거야."

내 대답에 스티븐이 씩 웃었다.

"커닝 페이퍼를 바지 속에 숨겨. 그리고 모르는 문제가 나오면 화장실에 간다고 해."

"어휴! 생각하는 거 하고는! 바지 말고 그냥 티셔츠에 숨겨."

맨디의 의견이었다.

그러자 다짜가 또 다른 의견을 내놓았다.

"아니면 라이언이랑 미리 신호를 맞춰. 기침하면 A, 재채기하면 B, 이런 식으로……."

다짜와 스티븐이 지난 주 철자법 시험에서 써먹은 방법이었다. 다짜가 감기에 걸리는 바람에 스티븐의 답안지는 엉망진창이 되고 말았지만.

"그런데 농구할 생각은 없는 거야?"

다짜가 물었다.

"우리가 선생님한테 너를 예비 선수 리스트에 올려 달라고 했거든. 누군가 아파서 빠지면 네가 그 자리에 들어갈 수 있어."

"난 이미 조슈아를 향해 열심히 재채기하는 중이야."

과연 스티븐다웠다.

"미안해. 난 이제 농구 못 해."

내 대답에 다짜와 스티븐은 잠시 서로를 바라보았다.

"물론 알지. 일단 시험부터 생각해. 지금 엘레나가 교무실에서 기다려."

금지령 얘긴 나중에 해야 할 것 같다. 엘레나와 다른 여자애들 몇 명이 교무실에 도착하자 루비 선생님이 자동차 열쇠를 짤랑거리며 교장실에서 나왔다.

"자, 가자, 6학년 제군들. 일찌감치 도착해야 하니까."

열쇠를 돌리자 으르렁거리는 소리와 함께 거대한 사륜구동 자동차에 시동이 걸렸다. 길이 막혀 꼼짝달싹 못 하게 되면 다른 차를 깔아뭉개면서 지름길로 갈 수 있을 것 같았다. 나는 루비 선생님 옆 조수석에 앉았다.

"작문이 어려울 것 같아."

엘레나 목소리였다.

"맞아. 나도 작문 때문에 미칠 것 같아. 무슨 주제가 나올지 어떻게 알겠어?"

메리가 대답했다.

나는 뭔가 안절부절못하는 사람처럼 자리에서 이리저리 몸을 뒤틀었다. 장래에 대한 주제가 나올 거라고 하면 모두가 나를 이상하게 보거나 아니면 사기꾼이라고 생각할 것 같았다. 그때 운전하던 루비 선생님이 옆에서 거들었다.

"그냥 죽어라 끝까지 계속 쓰렴. 만약 쓰다가 팔이 빠지면 내가 마트로 달려가 원래 팔을 환불받고 새로운 팔로 끼워 줄 테니까."

나는 교장선생님을 보며 씩 웃었다. 오늘 아침 내내 들었던 말 중에 가장 훌륭한 조언이었다.

루비 선생님 차에서 내리자 다른 학교에서 온 아이들이 출입문 앞에 모여 있는 게 보였다. 각기 다른 학교의 알록달록한 교복이 꼭 게일 선생님 스튜디오에 가득한 물감을 보는 것 같았다. 저쪽 강당 출입문 앞에 쪼그리고 앉아 노트를 읽고 있는 라이언이 보였다.

"이봐, 너무 찌질한 거 아니야?"

내가 큰 소리로 웃으며 다가가자 라이언이 한마디했다.

"남 얘기 할 때가 아닐 텐데."

벨이 울리자 학생들은 우르르 안으로 뛰어 들어갔고 사방에 서 있던 선생님들이 일제히 "쉬이잇—" 소리를 냈다.

"가방은 전부 앞으로 갖다 놓고 개인 물품과 수험표만 꺼내세요."

잔뜩 짜증이 난 것 같은 여자가 소리를 지르며 말했다. 출입문에 커닝 탐지기를 설치하지 않았다는 게 놀라울 뿐이었다. 내 물건들을 꺼내서 자리로 돌아오자 아까 그 짜증내는 여자가 팔짱을 낀 채 앞쪽에 서 있었다.

"나는 시험 감독관 오렐리라고 해요."

오렐리 선생님이 설명하는 시험 관련 사항들은 이미 너무 많이 들어서 줄줄 외울 지경이었다. 나는 이제 막 출발하려는 롤러코스터에 탄 사람처럼 흥분한 상태였다. 질문을 쏟아붓는 엄마의 목소리가 머릿속에 울려 퍼졌다. 연필은 잘 깎았니? 화장실 안 가도 돼? 정말 괜찮겠어? 오래 참아야 하는데?

"일단 연습문제 먼저 시작하세요."

이건 일종의 준비운동이었다. 나는 작은 원을 그리며 손목을 빙글빙글 돌렸다. 꽤 멋진 흉터가 생겼지만 이제 팔뚝은 아무렇지도 않았다. 연습문제는 진짜 시험에 익숙해지기 위해 아주 쉬운 문제들로 나와 있었다. 앞에 앉은 통통한 아이가 손을 번쩍 들었는데 겨드랑이에 흥건한 땀이 내 자리에서도 보였다. 아마도 연습 답안지를 어떻게 칠하는지 잘 모르는 것 같았다. 지금이라도 여기서 나가는 게 낫지 않을까. 괜히 네 시간이나 고생하지 말고.

감독관들이 연습문제를 걷어 가고 나서 독해 시험지 묶음을 나눠 주었다. 일단 답안지에 필요한 사항들을 마킹하고 나서 첫 번째 페이지를 펼쳤다. 밴 선생님이 말했던 것처럼 설명문이었다. 1번 문제를 읽고 나는 미소를 지었다. 이쯤은 식은 죽 먹기였다.

B에 정답을 표시했다. 과외수업을 받은 보람이 있네. 나는 시험 내내 모든 게 이렇게 순조로울 줄 알았다.

41

문제가 생겼다. 대문자 B에.

캐시 프리먼*에 관한 지문을 신속하게 읽고 나서 1번부터 4번 문제까지 내가 고른 답은 연속해서 전부 B였다. 5번 문제의 정답도 B 같았다.

전부 B일 리가 없다.

뾰족하게 깎은 2B 연필이 눈에 들어왔다. 어쩌면 다섯 개의 B는 만점을 받을 수 있는 비밀 암호일지도 모른다. 일단 문제 몇 개에는 정답을 두 개 표시해 두었다. 어디선가 밴 선생님의 목소리가 들리는 것 같았다.

"일단 한 과목을 전부 마치고 난 뒤에 다시 정답을 체크해 보거라."

다음 페이지는 오스트레일리아 원주민 예술에 관한 짧은 지문이었다. 색색의 물방울 무늬 도마뱀 그림이 참 마음에 들었다. 문제를 읽고 정답에 표시를 했는데 세 문제의 정답이 하필 이랬다.

*오스트레일리아 원주민 출신의 육상선수. 2000년 시드니 올림픽 여자 400미터 금메달리스트다.

B
A
D

모의고사 시험지를 풀 때면 수없이 많은 정답들이 DAB, CAB, ACDC 이런 식이었다.

하지만 이 BAD는 뭔가 잘못된 것 같았다.

고개를 들어 시계를 보았다. 처음 네 페이지를 푸는 데 벌써 10분이나 써버리고 말았다. 밴 선생님이 여기 있었다면 들고 있던 찻잔의 물을 나한테 뿌렸을지도 모른다.

엄마가 사들였던 시리얼을 좀 더 열심히 먹을걸 그랬다. 서둘러 끝까지 문제들을 전부 풀고 다시 앞으로 돌아와 연속으로 나온 다섯 개의 B를 체크했다. 아직 2분이 남아 있었다. 그중 한 개는 내가 깜빡 속아 넘어갈 뻔한 문제였다. 3번 문제의 B를 지우개로 박박 문질러 지우자 답안지의 다른 칸까지 가로로 거무스름한 얼룩이 생겨 버렸다. 모든 빈칸에 연필로 칠했던 흔적이 남은 것 같아 보였다. 엄마는 왜 하필이면 이런 몹쓸 지우개를 사다 줬을까. 할 수 있는 한 가장 진한 색으로 C에 다시 정답을 칠했다. 둘 중 하나겠지. 채점하는 컴퓨터가 정답으로 인정해 주거나 아니면 답안지를 폭파해 버리거나.

"연필 내려놓고 문제지 덮으세요."

오렐리 선생님의 목소리가 들렸다. 한시름 놓았다는 듯 강당 안에는 안도의 물결이 번지고 있었다.

"잠시 쉬는 시간이니까 자리에서 일어나 간단히 스트레칭을 해도 좋아요."

 의자를 박차고 일어나 팔다리를 쭉 펴며 몇 차례 점프를 한 뒤 물통을 꺼냈다. 살짝 목을 축이며 라이언과 엘레나를 찾아 보았다. 저 둘한테는 모든 문제가 식은 죽 먹기였겠지.

 감독관이 수학 문제지를 나눠 주었다. 나는 관절에서 뚝뚝 소리를 내며 이리저리 손을 풀었다.

 수학 시험 내내 물을 두 통이나 비웠다. 학교 농구팀 테스트 때 말고 이렇게 목이 말랐던 적은 없었다. 마지막 페이지로 넘어가니 전에 모의고사에서 풀었던 것과 비슷한 열차 시간표가 나왔다.

"연필 내려놓으세요."

 오렐리 선생님이 번쩍 손을 들며 외쳤다. 나는 얼른 답안지에 마지막 문제의 답을 C로 칠한 다음 책상 위에 이마를 찧으며 철퍼덕 엎어져 버렸다.

 점심시간이었지만 라이언은 중앙 홀 한쪽의 은색 의자에 앉아 그새 또 공부 중이었다. 다른 아이들은 서로 답을 맞춰 보며 고래고래 소리를 질러대고 있었다.

"23번 문제 답이 뭐야?"

"C 아니면 D 아냐?"

"뭐야, 그럼 난 틀렸네!"

 라이언이 있는 쪽으로 걸어가는 동안 난 이미 세 문제나 틀렸다는 사실을 알아 버렸다.

"이봐, 라이언!"

내가 우적우적 씹고 있던 뮤슬리 바 부스러기가 라이언의 작문 노트로 떨어졌다.

"이래서 네가 다른 애들이랑 멀리 떨어져 있는 거구나."

내가 작은 목소리로 속삭이듯 말을 걸자 라이언이 고개를 들고 물었다.

"작문 시험에 쓸 거 다 외웠어?"

"뭐, 대부분. 그런데 정말 장래에 대한 주제가 나올 거라고 어떻게 확신하지?"

"밴 선생님은 틀린 적이 없으니까."

라이언이 뮤슬리 부스러기를 툭툭 털어 내며 대답했다.

"일단 켄츠워스에 들어가기만 하면 이렇게 죽도록 공부할 일은 다시는 없을 거야."

"내년에 있을 전국 시험만 빼면."

"뭐, 그렇지."

"그리고 9학년 시험이랑, 그다음 졸업 시험, 그리고 고등학교······."

"아이고, 알겠어. 알겠다고."

나는 들고 있던 뮤슬리 바를 쓰레기통에 아무렇게나 던져 버렸다. 엄마가 옳았다. 나는 영원히 공부를 해야만 했다.

강당에선 다시 일반상식 시험이 이어졌다. 까다로운 문제들이 몇 개 있었지만 앞으로 있을 작문 시험에 비하면 메인 코스 전에 나오는 전채 요리 수준이었다.

"이제 마지막 과목 시작하세요."

다시 오렐리 선생님의 목소리가 시험장에 울려 퍼졌다.
작문 시험지를 받아든 나는 침묵의 비명을 지르고 말았다. 아마 강아지나 고양이 귀에는 내 비명이 들렸을 거다. 시험지 한가운데에 수정 구슬이 있었고 갖가지 직업을 가진 사람들이 그 주위를 빙 둘러싸고 있었다. 심지어 오른쪽 윗부분에는 의사도 있었다.
"앞으로 10년 뒤의 당신은 무슨 일을 하고 있습니까? 당신은 이 세상에 어떠한 영향을 미치고 있을까요?"

42

맨디가 여기 있었다면 내 귀에 대고 유령처럼 소름 끼치는 소리를 냈겠지. 과외학원에서 연습했던 문제와 어쩜 이렇게 똑같을 수가 있을까. 몇몇 아이들은 이미 답을 적어 내려가는 중이었다. 재들 학원 선생님도 이 문제를 미리 알고 있었나?

뱃속이 요동치듯 울렁거렸다. 만약 핫도그 먹기 챔피언처럼 우스꽝스러운 일을 하고 싶으면 어떡하지? 그래도 과연 이 학교에서 받아 줄까? 특목고에서 만화가 따위는 원치 않는다. 미래의 노벨상 수상자를 원할 뿐.

똑딱거리는 시계 소리와 쿵쾅거리는 심장 소리가 제이슨 보보의 댄스 신곡으로 꼭 알맞을 것 같았다. 샤프펜슬을 손에 쥐고 눈을 감자 밴 선생님의 의기양양한 모습과 미래의 '닥터 왕'인 나의 모범답안이 떠올랐다.

개요 작성 페이지에 일단 '의사'라고 썼다. 밴 선생님이 말하길 채점관은 학생 답안의 일관성을 확인하기 위해 개요 페이지를 먼저 본다고 했다. 갑자기 눈이 따가웠다. 콘택트렌즈가 아직까지 내 눈 안에 남아 있었나? 이제 켄츠워스 특목고에 거의 다 왔다. 나는 지금 학교 문턱을 넘기 위해 안간힘을 쓰는 중이다.

고개를 들어 천장을 올려다보았다. 이 강당은 게일 선생님의 스튜디오에서 멀지 않다. 선생님의 카랑카랑한 목소리가 귓가에 들리는 것 같았다. "누가 뭐래도 너희 모두는 아티스트란다."

매직 스크린에 그렸던 그림을 싹싹 지워 버리듯 머리를 흔들어 생각을 정리했다.

옆자리 아이들은 답안지를 넘기며 두 번째 페이지를 채워 나가는 중이었다. 의사라고 쓴 걸 지우고 얼룩진 자국 아래 '아티스트'라고 쓴 다음 재빨리 그 옆에다 내 모습을 만화로 그려 넣었다.

천 마디 말보다 한 장의 그림이 낫다면, 게임은 끝난 셈이다.

내가 꿈꾸던 이야기를 써 내려갔다. 난 오스트레일리아에서 유명한 만화가다. 매년 한국과 일본을 오가며 최신 만화책과 애니메이션 동향을 살핀다. 이 모든 게 나의 작품 「불타지 않는 기사단」이 마치 프렌치프라이처럼 다른 학교에서도 불타나게 팔린 덕분이다. 급기야 마블 코믹스의 사장은 팬텀 존에서 내 작품을 발견하고, 엄마와 가족들에게도 엄청난 가문의 영광을 안겨 준다.

우아, 쓰다 보니 엄청 신나는데. 그림 그릴 때만큼이나.

"시간 다 됐다."

오렐리 선생님 목소리에 100여 개의 샤프펜슬이 일제히 책상 위로 올라왔다. 딱 하나 내 손에 쥔 것만 빼고. 나는 아직 마지막 문장을 써야 했다. 조금씩 속삭이던 아이들의 목소리가 점점 요란해지고 있었다.

"다들 조용히 하세요."

선생님의 말에 시끄럽던 강당 안에 다시 정적이 흘렀다.

"시험 규정을 어기면 무조건 불합격 처리될 수 있어."

손에서 펜을 내려놓았다.

시험장 안의 모든 사람들이 멀뚱멀뚱 서로를 쳐다보고 있었기 때문에 쫓기듯 답안 작성을 마쳐야 했다. 밴 선생님이 20분 안에 세 페이지를 써야 한다고 했던가. 답안지가 왜 그토록 두꺼웠는지 이제야 이해가 됐다. 남아 있는 빈칸에 좀 더 많은 이야기를 채우고 싶었다. 스티븐이 숙제 노트를 채우고 싶어 하는 기분이 바로 이런 게 아니었을까.

아랫배에서부터 무시무시한 생각들이 스멀스멀 올라왔다. 괜한 짓을 해서 작문 시험을 완전히 망친 건 아닐까? 나의 특목고 입학을 결정짓는 게 오로지 작문 과목이라면 어떡하지?

상관없다. 그래도 아빠는 나를 자랑스럽게 생각하실 테니까.

43

나는 라이언의 책가방 옆에 서서 가방 주인이 오기를 기다렸다.

"잘 봤어?"

라이언은 밖으로 나와 운동장 한복판에 들어설 때까지 아무 말이 없었다.

"거봐. 내가 밴 선생님 말이 맞을 거라고 했잖아."

"그러네. 난 겨우 두 페이지 반밖에 못 썼어."

"뭐라고? 난 여섯 페이지 썼는데."

나는 라이언의 가방을 툭 쳤다.

"아무튼 넌 뭐든지 너무 잘해서 탈이야."

"7월이 되어 봐야 알지."

여자아이들은 정원을 둘러싼 통나무 울타리에 앉아 있었고 엘레나는 막 낮잠에서 깬 사람처럼 눈을 비비는 중이었다. 루비 선생님은 도착하자마자 우리를 향해 삐익, 호루라기를 불었다.

"계속 과외수업 올 거야?"

"응, 그럴 거야. 하지만 수업 없을 때도 종종 밖에서 만나자."

"물론이지. 내가 총리 관저에 가지만 않는다면."

나는 큰 소리로 웃으며 루비 선생님 차에 올라 라이언을 향해 손을 흔들었다. 아이들이 전부 차에 타자 루비 선생님은 핸들에 턱을 올려놓고 우리를 보며 말했다.

"학교에 도착하면 모두에게 슬러시를 사주마!"

여자아이들은 사이렌을 켠 것처럼 시끄러워졌고 엘레나가 큰 소리로 외쳤다.

"세상 교장선생님 중에 선생님이 최고예요! 물론 지금까지 제가 만난 교장선생님은 딱 한 분뿐이었지만요."

"왜 이렇게 조용하니, 코너? 시험이 힘들었니?"

나는 얻어맞은 사람처럼 머리를 벅벅 문지르며 대답했다.

"그럭저럭요. 이제 정말 끝났네요."

루비 선생님은 줄을 설 필요가 없는 구내식당 VIP 라인으로 우리를 데리고 가서 슬러시를 한 잔씩 가득 채워 주었다.

"모두에게 7월의 행운이 있길!"

"너도 분명 합격할 거야."

엘레나가 내게 말을 걸었다.

"고마워. 그럼 내년에 다시 만나겠지."

"그런데 맨디한테 토리 얘기 들었어?"

"아, 우리 별자리가 잘 맞는다고?"

"아니, 그거 말고 더 있어. 내가 토리한테 들었는데 남자 친구가 전혀 연락이 없대. 매번 토리가 전화를 해야 한다나 봐. 너무 안됐어."

쿡, 빨대가 입천장을 찔렀다. 나 같으면 그 달콤한 목소리를 듣기 위해 매일매일 전화할 텐데.

"내가 어떻게 해야 할까?"

"그냥 토리 곁에 있어 줘. 네 그림을 계속 보여 주면서."

엘레나는 내게 찡긋 윙크를 해보였다.

"그나저나 「불타지 않는 기사단」 다음 편은 완성했어?"

"완성은 했는데 납치됐어."

"누구한테? 드래곤한테?"

"아니, 우리 엄마한테."

아이들이 각자 교실로 흩어졌고 나 역시 6학년 C반으로 돌아가는 길이었다. 나는 루비 교장선생님과 함께였다.

"치암파 선생님과 학부모 동의서에 대한 이야기를 좀 해야겠구나."

아주 어려운 수학 문제를 풀어야 하는 사람처럼 치암파 선생님이 뺨을 비비며 밖으로 나왔다. 내가 만약 스티븐이었다면 진즉에 오리 통구이가 되고도 남았다.

"코너, 네가 그림을 정말 사랑한다는 건 나도 알고 있다."

치암파 선생님이 입을 열었다.

"하지만 도가 지나쳤어."

옆에 있던 루비 선생님이 덧붙였다.

나는 고개만 끄덕이며 모든 걸 인정했다. 차가운 음식을 먹었을 때 뒷

골이 찌르르 아픈 것처럼 머릿속이 온통 멍해져서 아무 말도 할 수가 없었다.

"담임으로서 어머니께 약속드렸다. 앞으로 다시는 그림 그릴 일은 없을 거라고."

나도 모르게 입 밖으로 신음소리가 새어 나왔다. 차라리 유치장에 갇히거나 하는 벌을 받을 순 없을까?

"그리고 어머니께서 스티븐과 다짜랑 어울리지 못하게 해달라고 부탁하셨다."

"그럼 이제부터 혼자 앉아야 하나요?"

치암파 선생님은 고개를 가로저었다.

"나는 네가 계속 그 자리에 앉았으면 한다. 함께 잘 지내고 있을 뿐 아니라 넌 그 아이들에게 분명 좋은 영향을 주고 있으니까. 네가 문제를 일으킬 일은 없을 거라고 봐."

"고맙습니다, 선생님."

슬러시 컵을 쓰레기통에 던지고 터벅터벅 교실로 들어갔다.

"시험은 잘 봤어?"

나를 보자마자 맨디가 물었다.

"잘 봤지. 두 눈으로."

맨디는 필통으로 나를 철썩 후려쳤다.

"진지하게 묻는 거라고."

"그깟 시험이야 껌이지. 안 그래? 나 문제 거의 다 풀었어. 빨리 그림이나 같이 그리자고. 이것 좀 봐줘."

스티븐이 연습장을 내밀었다.

"우아, 너 그림 그리기 시작한 거야?"

"너도 없는데 우리 조에서 누군가는 그림을 그려야 하지 않겠어? 정말 지겨웠다고."

스티븐이 그린 사람 머리는 그냥 동그라미에 몸은 막대기였다.

"어때? 너무 형편없어?"

나는 스티븐의 귀에 대고 낮은 목소리로 속삭였다.

"난 이제 그림 못 그려."

"뭐? 못을 그린다고?"

스티븐이 머리를 긁적이며 되묻기에 교과서 맨 뒷장을 펼쳐서 마구 휘갈겨 썼다. '문제가 생겼어. 선생님이 이제 그림 그리지 말래.'

스티븐이 내 연필을 휙 낚아챘다. '그래도 그냥 그려.'

'너 때문이야. 네가 엄마 사인 위조하라고 그랬잖아.'

'아무도 너한테 강조하지 않았어.'

내가 빨간 펜을 꺼내 강조를 강요로 고쳐 쓰자 스티븐이 눈을 부릅뜨며 나를 노려보더니 쏘아붙였다.

"오, 이런. 미안하게 됐네, 코너드."

"그래, 맞아. 나 찌질해. 이렇게 찌질한 나랑 왜 어울려 다녔어?"

"넌 천재 화가니까."

나는 괜히 안경을 톡톡 건드리며 대답했다.

"난 이제 그림도 못 그리고 농구도 못 해. 그러니까 나 좀 내버려 둬."

엄마가 옳았다. 스티븐과 나는 더 이상 친구가 될 수 없다.

"야, 넌 코너드일 때가 훨씬 더 나았어. 이제 보니 완전 머저리네."
"그럼 이렇게 포기하는 거야?"
"그만 해, 맨디. 난 제이슨 보보가 아니라고."
나한테 펀치를 한 방 먹이려다 말고 맨디가 홱 돌아서며 중얼거렸다.
"그래. 네가 이래서 친구가 하나도 없는 거야."
양팔 깊숙이 머리를 파묻었다. 친구보다 가족이 훨씬 더 중요하다고 스스로에게 말해 보았지만 아무런 위로도 되지 않았다.

44

집에 돌아온 내게 엄마는 시험 문제를 다 합친 것보다 더 많은 질문을 퍼부었고 나는 한결같이 이렇게 대답했다.
"응. 최선을 다했어."
결국 엄마는 한숨을 내쉬었다.
"제발 합격만 해준다면 얼마나 좋겠니. 너를 세인트 제임스 남학교에 보내기는 싫거든."
그건 나도 싫다고.
"무슨 소리야?"
"최 선생님이랑 좋은 사립학교를 알아봤어. 만약의 경우에 대비해서."
"에메랄드 하이츠는 어때?"
계단이 좀 많긴 하지만 그 정도쯤이야. 세인트 제임스에는 계단 대신 에스컬레이터가 있을지도 모르겠다. 하지만 게일 선생님의 아트 스튜디오처럼 멋진 장소가 과연 있을까?

"거긴 수학과 과학 성적이 아주 나빠. 의사가 되려면 더 좋은 학교에 가야 해."

터져 나오려는 화를 간신히 꾹꾹 눌러 속으로 삼켰다. 안 그러면 내 분노가 쏟아져 나와 엄마를 공격할 것만 같았다. 어차피 이제 친구도 없으니 새 학교에 가는 것도 나쁘진 않겠네.

다음 날, 집 앞 계단은 조용했다. 맨디의 음악과 맨디의 커다란 목소리, 심지어 맨디의 펀치마저도 그리웠다. 학교에 도착해 티나와 함께 잡지를 읽고 있는 맨디를 발견하고는 그쪽으로 다가갔다.

"왜 오늘 아침에 나 안 기다렸어?"

투명 이어폰이라도 꽂고 있는 것처럼 맨디는 고개를 까딱거리고 있었다. 코앞에서 손을 흔들며 다시 말을 걸었다.

"여보세요? 아무도 없어요?"

"너랑 말 안 할 거야."

"하지만 방금 했잖아."

"꺼져, 코너."

맨디의 차가운 시선에 난 심장이 얼어붙는 것 같았다.

점심시간에 다시 도서관으로 컴백했다. 거기야말로 원래 내가 있던 곳이니까. 내년에는 아예 켄츠워스 도서관에 지정석을 예약할까 보다. 도서관에서는 얼마든지 그림을 그릴 수 있지만 지금 내 상태는 심각했다. 황폐한 가뭄처럼 모든 만화 아이디어가 메말라 버려서 아무것도 그리고 싶은 생각이 들지 않았다. 손가락 마디 하나 움직이기 싫었고 웃는 이모

티콘조차 그릴 수가 없었다. 결국은 엄마와 가족들이 원하던 대로 되고 말았다.

과외 숙제를 모두 끝내고 보안요원처럼 이리저리 어슬렁거리며 도서관을 배회했다. 유치원생 남자아이 두 명이 그림책들을 끄집어내서 바닥에 요새를 만들고 있었다.

"얘들아, 저기 써 놓은 거 안 보여? 여긴 도서관이야. 놀이터가 아니라고."

"어, 스파이더맨이네!"

나는 영문을 몰라 허공에 손을 들어 보이며 다시 물었다.

"뭐라고?"

"스파이더맨이야! 스파이더맨!"

꼬마가 계속해서 큰 소리로 떠들자 급기야 팸 선생님이 사무실에서 고개를 쏙 내밀고 소리를 질렀다.

"조용히 해! 안 그러면 그린 고블린* 부른다."

아이는 자신의 커다란 필통 안에 들어 있던 연필과 말라붙어 버린 막대 풀 같은 잡동사니를 탈탈 쏟더니 종이 한 장을 꺼내서 나에게 보여 주었다.

"이 스파이더맨 좀 봐."

"이건 스파이더맨이 아니잖아. 이건……. 맙소사, 오 마이 갓!"

내 비명 소리에 팸 선생님이 다시 목청을 높였다.

---

* 「스파이더맨」에 등장하는 악당이자 스파이더맨의 숙적.

"좀 전에 내가 뭐라고 했지?"

칼을 든 「불타지 않는 기사단」, 그러니까 바로 내 모습이었다. 아래쪽 귀퉁이에 제이미라고 휘갈겨 쓴 글씨가 보였다.

"여기 몇 개 더 있어. 볼래?"

제이미가 내 팔을 잡아당겼다.

바닥에 책상다리를 하고 앉자 제이미는 주섬주섬 다른 그림들을 더 꺼냈다. 제이미가 그린 드래곤은 이파리 두 개가 중간에 작은 방울을 두고 서로 겹쳐져 있는 어설픈 모습이었지만, 적어도 내 눈엔 분명 드래곤이었다. 하늘을 날며 포효하는.

스티븐이 과제물을 전부 끝마쳤을 때 치암파 선생님이 느끼는 감정이 바로 이런 거였을까. 금색 별들로 제이미의 그림 바탕을 장식해 주고 싶었다.

"진짜 잘 그렸네."

제이미가 씨익 웃었다.

"나도 커서 형처럼 되고 싶어."

하도 봐서 너덜너덜해진 제이미의 「핫 스팟」 매거진엔 내가 해준 사인이 있었다.

"아니야. 넌 이미 나처럼 됐어."

나는 젊은 아티스트입니다, 누가 뭐래도!

작문 시험에 쓴 문장이었다. 아무것도 그리지 않고 지금처럼 그저 도서관에 멀뚱히 앉아만 있는 모습을 채점관이 본다면 어떻게 될까. 분명 답안지를 갈기갈기 찢어 버리겠지. 내 답안은 그저 단순한 이야기가 아니었다. 거기엔 나의 모든 계획이 들어 있었다.
　이제 와서 포기할 수는 없다. 포기하면 영광도 없으니까.

45

그날 오후. 그린 힐로 가는 스쿨버스를 타고 지름길을 통해 게일 선생님의 스튜디오로 갔다. 고등학생들이 게일 선생님 주위를 둘러싸고 그림과 조각 작업이 한창이었는데, 그중 한 명이 원격조종 자동차를 커다란 돌멩이와 충돌시켜 박살 내는 중이었다.

"그걸 왜 그렇게 부숴 버렸어요?"

"게일 선생님께 바치는 나의 조각 작품이야. 제목은 돌덩이 자동차!"

큰 소리로 웃으며 게일 선생님이 다가왔다.

"만신창이라고 불러야겠는데!"

나를 본 선생님이 팔짱을 끼며 물었다.

"여긴 무슨 일로 왔니?"

나의 계획(대부분)에 대해 이야기했다.

"학부모 동의서 일은 정말 죄송해요. 선생님 수업에 꼭 참여하고 싶었거든요. 그래야 엄마한테……."

"너한테 재능이 있다는 건 알고 있다. 이제 아티스트가 될 만한 배짱도 갖췄구나."

선생님은 새 캔버스를 하나 건네주었다.

"네 그림은 이미 충분히 강렬하니까 따로 색을 칠할 필요는 없을 거다."

강렬하다는 것은 강하고 열정적이라는 뜻이었다. 엄마가 준 사전의 'ㄱ' 부분에서 읽은 건 아니다. 특목고 시험 일반상식에 나왔던 문제다.

"그럼 그냥 연필만으로 그릴까요?"

캔버스를 싸고 있던 종이를 벗겨 내며 선생님에게 물었다.

"저기 있는 목탄을 사용해라."

"네! 알겠습니다! 분명 굉장한 그림이 될 거예요!"

한 시간 뒤, 내 손은 판다의 앞발처럼 새까매졌지만 다행히 목탄으로 캔버스에 구멍을 뚫는 불상사 없이 그림이 완성되었다. 막강한 드래곤 프라고의 끝내주는 모습이었다. 프라고는 불덩이를 내뿜고 있었지만 나는 태연히 하품을 하며 프라고의 불꽃을 손바닥으로 막는 중이었다. 불꽃에 색을 칠할 수도 있었지만 그냥 흑백인 채로 두는 편이 나을 것 같았다.

그런데 이 그림을 엄마 몰래 어떻게 숨기지?

침대 매트리스 밑이나 옷장 속에 넣을 수는 없는 노릇이었다. 그렇다면 내가 갈 곳은 딱 한 군데뿐.

맨디네 집 초인종을 하도 여러 번 눌렀더니 벨 소리 멜로디가 머리에 완전히 박혀 버렸다. 맨디가 아주 살짝 문을 열고는 좁은 틈새로 쏘아붙였다.

"무슨 일이야?"

"이것 좀 읽어 봐."

나는 별자리 운세가 나와 있는 신문을 들이밀었다. 7월 17일 맨디의 생일에 맞춰 게자리에 형광펜으로 표시를 해두었다.

당신은 항상 친구들을 지켜 주는 사람입니다. 하지만 정작 친구들이 당신을 지켜 주지 않으면 어떻게 될까요? 외면하지 마세요. 기꺼이 용서한다면 친구가 당신을 찾아와 문을 두드릴 것입니다.

"이건 어제 날짜잖아."

"알아. 오늘 별자리 운세는 여행에 관한 거였어. 너 아무 데도 갈 일 없잖아?"

"돌아가."

맨디가 문을 닫으려 하자 얼른 문틈으로 발을 넣은 다음, 들고 있던 캔버스를 틈새에 끼워 넣었다. 캔버스를 받아 든 맨디는 이내 현관문을 쾅 닫고 철컥 잠가 버렸다. 얼마 지나지 않아 다시 문이 열렸다.

"코너드, 이건 지금껏 내가 본 그림 중에 최고야!"

흥분한 맨디는 정신없이 내 그림을 칭찬하기 시작했다.

"내 생일은 아직 좀 남았는데."

"그런 게 아니라……."

맨디가 깔깔거리며 웃음을 터뜨렸다.

"농담이야. 하여간 순진하기는. 그나저나 이젠 그림 안 그리는 줄 알았는데."

"나도 제이슨 보보처럼 되고 싶어졌어."

"넌 노래를 못하잖아. 엄마한테는 보여 드렸어?"

"아니, 아직. 나한테 계획이 있거든. 좀 위험하긴 한데……."

맨디가 내 어깨에 펀치를 날렸다.

"어서 말해 봐. 무슨 꿍꿍이인지."

집에 돌아오자 배가 고파 쓰러지기 직전이었다. 먹을 게 없나 부엌을 뒤지다가 선반 꼭대기에서 다 찌그러진 2분 완성 컵라면을 하나 발견했다. 냄새는 좀 이상했지만 맛은 그럭저럭 괜찮았다. 나는 2초 만에 라면을 뚝딱 해치웠다. 그러고 나서 소파에 앉아 엄마가 숨겨 놓은 텔레비전 리모컨을 찾기 시작했다. 여기저기 뒤적거리다 그만 커피 테이블을 발로 차는 바람에 엄마의 앨범이 바닥으로 툭 떨어졌다. 전화번호부만큼이나 두꺼운 엄마의 앨범은 어찌나 지루한지 불면증에 그만한 특효약이 없을 지경이었다.

그런데 이건 처음 보는 앨범이었다. 검정색 가죽 표지에 두께도 얄팍했다. 사진을 꽂아 둔 페이지들은 서로 끈끈하게 엉겨 붙어 있었다. 나는 손가락에 침을 발라 점퍼에 쓱쓱 문지른 다음 앨범을 한 장 한 장 분리했다. 하얀색 배드민턴 복장을 한 아빠가 금방이라도 스트로크를 할 것처럼 라켓을 잡고 있었다. 트로피를 들고 있는 사진도 몇 장 더 있었고 마지막은 아빠가 풍선처럼 빵빵해진 엄마의 불룩한 배를 문지르고 있는 사진이었다.

"이 사진을 찍고 며칠 뒤에 네가 태어났지."

"헉, 깜짝이야!"

벌떡 허리를 곧추 세우자 아까 먹은 컵라면이 머릿속으로 마구 날아 들어오는 것 같았다.

"엄마 언제 왔어?"

"지금 막."

엄마의 슈퍼 파워에 닌자 스텔스* 기능도 추가해야겠다.

"네가 태어나고 나서 아빠가 뭘 했는지 아니?"

난 말없이 고개만 가로저었다. 면발들이 여기저기 사방으로 흩어졌다. 엄마가 내 옆에 털썩 앉으며 말했다.

"트로피랑 배드민턴 장비들을 전부 내다 팔았어. 너를 키우기 위해 돈을 마련해야 했으니까."

"나 때문에 아빠가 배드민턴을 그만둔 거야?"

그건 마치 아빠의 라켓과 트로피를 내가 불태워 버렸다는 말처럼 들렸다. 지금 엄마의 모습은 우리 집에 있는 장식용 중국 도자기처럼 금방이라도 부서질 듯 가냘파 보였다.

"아빠는 네 살 때부터 운동을 했어."

"우아, 정말?"

---

*레이더에도 탐지되지 않는 기능.

엄마한테서 처음 듣는 아빠 얘기였다.
"아빠도 스트레스를 많이 받았단다."
엄마가 앨범을 집어 들었다.
"매일매일 이어지는 고된 훈련도 그렇지만 늘 여기저기 옮겨 다니면서 시합을 해야 하니까 힘들어했지. 번번이 코치한테 욕을 먹는 건 말할 것도 없고. 아빠는 그저 너와 함께 집에 있고 싶어 했어."
사람들이 꿈꾸는 직업은 아니었던 게 확실했다. 나는 스르르 소파에서 미끄러져 내려와 까끌까끌한 카펫 바닥에 앉아서 엄마를 올려다보며 물었다.
"그래서 그만둔 거야?"
엄마가 고개를 끄덕였다.
"모든 사람들이 아빠한테 미쳤다고 했지. 가족들도 전부 연락을 끊었고. 하지만 아빠는 전혀 상관하지 않았어. 자기에겐 운동보다 훨씬 더 중요한 게 생겼다면서."
다짜고짜 스티븐 역시 무슨 일이 있어도 농구를 그만두지 않겠지.
우리 집안에 나 말고 별종이 또 있었구나.

46.

우울한 토요일 아침. 연필심 같은 진회색 구름 사이로 후드득후드득 빗방울 떨어지는 소리가 들렸다. 빗물이 스며들면 그림이 망가질 텐데. 비록 승산 없는 게임일지라도 나는 공모전에 참가해야만 한다. 물론 엄마가 허락할 리 없지만 내 시도는 '가문의 영광' 과목에서 보너스 점수를 받을 거다. 그래도 엄마의 마음이 바뀌지 않는다면 나도 더 이상은 어쩔 도리가 없다.

잠옷을 벗고 탐정 닌자 복장을 갖췄다. 검정색 트레이닝복에 검정 점퍼, 부스스한 머리 위로 검정 비니까지 눌러쓰니 머리부터 발끝까지 새까만 기름을 뒤집어쓴 것처럼 보였다.

일단 맨디네 집으로 달려갔다. 맨디는 나를 보더니 숨이 넘어가도록 웃어 젖히며 바닥을 데굴데굴 굴렀다.

"코너드, 도대체 뭘 주워 입은 거야?"

"이건 나만의 닌자 복장이라고. 공모전에 몰래 가서 내 그림을 출품할 생각이야."

"그런 옷은 할로윈 때나 입어. 만약에 상이라도 타면 어쩌려고 그래? 온 동네에 얼간이라고 광고할 거야."

즉시 집으로 돌아가 바닥에 아무렇게나 쌓여 있던 옷 무더기 중에서 지난번 생일 파티 때 입었던 옷을 다시 꺼냈다. 정말 다행이다. 쭈글쭈글한 옷이 최신 유행이라서.

옷을 갈아입고 돌아가자 맨디는 돌돌 말려 있는 비닐 랩을 푸느라 정신이 없었다. 캔버스가 아니라 식탁 전체를 감을 만큼 많은 양이었다.

"네 작품은 완벽 방수 시스템을 갖추게 될 거야."

"이건 샌드위치가 아니라고."

나는 비닐 랩을 꽁꽁 뭉쳐 공 모양으로 만들었다.

"이걸 씌우면 목탄이 전부 벗겨질 수도 있어."

"아, 그렇구나. 알겠어. 그럼 잠깐만."

잠시 뒤 맨디는 자신의 커다란 레인코트를 가지고 나와 캔버스 위에 입히고 단추를 전부 잠갔다.

"서둘러, 맨디. 대회는 10시에 시작이야."

우산을 받쳐 들고 헐레벌떡 버스 정류장을 향해 뛰어갔다. 캔버스에 빗방울이 튀지 않게 조심하느라 정작 나는 쫄딱 젖고 있었다. 우리가 길모퉁이에 다다르자 버스 한 대가 막 정류장을 떠나는 참이었다.

"이거 받아."

맨디가 내 머리 위로 우산을 툭 떨구더니 고래고래 소리를 지르며 버스를 쫓아가기 시작했다.

"여기요! 잠깐만요, 비상사태예요!"

맨디라면 충분히 차 앞으로 뛰어들고도 남았다. 아마 그랬다면 구급차를 타고 그 누구보다 빨리 병원으로 갔겠지. 버스가 미끄러지듯 멈추며 브레이크등을 켜자 맨디가 나를 보며 팔을 흔들었다.

"빨리 와, 이 굼벵이야."

캔버스를 들고 개다리춤을 추듯 휘청거리며 버스에 뛰어올랐다. 맨디가 버스요금을 내고 내가 있는 맨 뒷자리로 왔다.

"너 이번에 나한테 제대로 빚졌어."

"글쎄. 버스비 말고는 빚진 거 없는데."

버스가 병원 앞에 멈추자 나는 살금살금 로비로 들어갔다. 너무 굼뜨게 움직이는 바람에 하마터면 자동문에 끼어 반 토막이 날 뻔했다. 로비 데스크 위쪽에는 초대형 현수막이 걸려 있었다. '브라이트 라이프 아트 전시회.'

데생과 수채화를 비롯한 여러 작품들이 사방에 걸려 있었고 엘리베이터 문 바로 앞에 보이는 거대한 강아지 그림은 금방이라도 사람에게 달려들어 얼굴을 핥을 것 같았다. 병원 분위기는 이미 전보다 훨씬 산뜻했다.

"젠장, 너무 늦게 왔나 봐."

"아직 안 늦었어. 네 작품을 어디에든 걸기만 하면 돼. 심사위원들은 모를 거야."

머리를 질끈 묶으며 맨디가 대답했다. 주위를 둘러보며 적당한 장소를 찾는 동안 내 캔버스는 쓰레기통에 기댄 채로 바닥에 널브러져 있었다. 벽에 이걸 붙이려면 접착제가 농구공만큼 필요할 것 같았다.

바로 그때, 후드티를 입고 슬러시를 홀짝이는 누군가가 눈앞에 나타났다. 내가 아는 사람을 통틀어 아침 아홉 시 반에 슬러시를 마실 사람은 딱 한 명뿐이다.

"여기서 뭐 해?"

"엘레나 보러 왔어. 그러는 너는?"

캔버스를 보여 주었다.

"이 그림한테 마지막 기회를 주려고 해. 나 좀 도와줄 수 있어?"

"내가 왜?"

"있잖아…… 저번엔 미안했어."

나는 스티븐에게 손을 내밀며 말했다.

"우리 엄마가 지금 너를 봤어야 하는 건데."

"왜? 내 부분 금발 염색 때문에?"

"네가 얼마나 똑똑한지 이제는 알아주실 테니까. 넌 농구에 대해선 모르는 게 없잖아. 헤어스타일이나 만화책도 그렇고.「불타지 않는 기사단」은 네 덕분에 그리게 된 거라고, 친구."

빤히 쳐다보기만 하던 스티븐이 악수를 청하자 나는 웃으면서 손을 뺐다.

"이거 말고 하이파이브를 해야지. 그럼 우리 이제 쿨해진 거 맞지?"

"짜식, 내 덕분에 너도 덩달아 쿨해진 거야."

"우리 그런 얘기는 나중에 하면 안 될까?"

손가락을 꺾어 우드득 소리를 내며 맨디가 끼어들었다.

"지금 이 그림을 걸 곳을 찾아야 한다고!"

"얘들은 전부 탈락자야. 엘레나가 그러는데 최종 결선 진출자들은 대회의장에 있댔어."

"어서 가자."

"거기, 너희들! 그림 들고 뭐 하는 거니?"

어디선가 보안요원이 나타났다.

나는 순간 제자리에 얼어붙고 말았다. 내가 아직 난자 탐정 복장을 입고 있었던가? 성난 강아지처럼 으르렁거리는 보안요원에게서 커피 향이 훅 풍겼다.

"부모님은 어디 계시니?"

"엄마가 위층에서 간호사로 일하세요."

보안요원이 벨트에 달려 있던 무전기에 손을 댔다. 망했다.

"이 몸이 대신 활약 좀 해줄게."

스티븐이 메고 있던 가방에서 스케이트보드를 꺼내 바닥에 내려놓자 보안요원이 앞으로 한 발짝 다가왔다.

"설마 지금 여기서 그걸……."

스케이트보드에 올라탄 스티븐은 땅을 박차고 순식간에 카페를 지나쳐 앞으로 쭉 나아갔고 보안요원은 허둥거리며 스티븐을 쫓아갔다. 나와 맨디는 서둘러 반대 방향으로 도망쳐 가장 가까이에 있는 에스컬레이터를 타고 2층으로 향했다. 우리는 대회의장으로 가는 긴 행렬을 허우적대며 헤치고 나아가야 했다. 나도 스케이트보드나 서핑보드처럼 캔버스에 올라타 사람들 머리 위로 미끄러지듯 나아가고 싶었다.

맨디가 사람들을 팔꿈치로 밀어내더니 긴 줄의 중간에 끼어들며 소리쳤다.
"잠깐만요. 여기 대회 참가한 아티스트 좀 지나갈게요!"
내가 경찰 배지처럼 캔버스를 이리저리 들어 올리자 대부분은 한 걸음씩 길을 터주었지만, 몇몇 사람들은 과연 이 아이가 아티스트가 맞는지 의심스런 눈초리로 힐끔힐끔 나를 쳐다봤다. 충분히 그럴 만도 했다. 이해한다. 마침내 대회의장 문 앞에 도착하자 맨디가 문을 열어 고개를 쑥 집어넣고 안쪽을 살폈다.
"좋아, 저 앞에 무대가 보여. 어서 들어가. 가서 원래 여기 있었던 것처럼 행동해."
"나 대신 스티븐한테 고맙다고 전해 줄래?"
"스티븐도 틀림없이 올 거야."
아니면 벌써 감옥에 갇힌 채로 텔레비전을 보고 있을지도 모른다. 맨디는 나를 안으로 밀어 넣고 문을 닫아 버렸다. 무대가 텅 비어 있기에 뒤쪽으로 가보니 토리가 발표할 내용이 적힌 손바닥만 한 카드를 마구 뒤적이고 있었다. 꼭 마술사들이 현란한 손놀림으로 묘기를 부리는 모습 같았다. 토리가 이렇게 긴장한 모습은 처음이었다.
"안녕, 토리."
순간 토리는 카드 몇 장을 바닥에 떨어뜨리고 말았다.
"코너, 결국 왔구나."
"결선에 올라간 거 축하해."
내가 떨어진 카드를 집어 주며 말했다.
"네가 와줘서 너무 기뻐."

"정말?"

"어, 그게…… 요 며칠 좀 힘든 일이 있었거든."

토리가 눈가에 맺힌 무언가를 손으로 슥 훔쳤다.

"코너, 깜짝 놀랐잖니. 여긴 어떻게 왔어?"

말쑥한 하얀 셔츠에 검정 바지를 입은 게일 선생님은 평소와는 아주 달라 보였다. 오늘은 그 어디에도 물감 자국이 없었다.

"선생님, 저도 이 전시에 참가하고 싶어요. 제 그림 좀 아무 데나 걸어 주세요. 제발요. 화장실이라도 상관없어요. 그렇지만 이왕이면 남자 화장실로 부탁드려요. 여자 화장실을 훔쳐볼 수는 없으니까요. 사실은 엄마가 제 그림을 보셨으면 좋겠어요. 그럼 혹시라도……."

게일 선생님이 내 어깨에 부드럽게 손을 얹었다.

"너한테는 항상 문제가 생기는구나, 코너. 하지만 그게 바로 아티스트의 삶이기도 하지."

선생님은 토리와 나를 번갈아 보며 말했다.

"원래는 그린 힐에서 두 명만 뽑을 예정이었는데, 심사위원들에게 물어보마. 결선 진출에 한 명을 더 넣을 수 있을지."

"네! 감사합니다!"

불끈 쥔 주먹을 허공으로 힘차게 날렸다.

"행운을 빈다, 코너."

게일 선생님이 캔버스를 들고 사라지자 나는 토리 뒤로 가서 섰다. 엘레나와 라이언이 앞쪽에 서 있는 게 보였다.

"결선에 진출하지 못해도 여기 네 옆에 있어 줄게."

토리가 나를 돌아보았다.

"고마워, 코너."

"내 연설 들으러 온 거야?"

라이언이 활짝 웃으며 나에게 말을 걸어 왔다.

"이런 좋은 기회를 놓칠 순 없지, 친구."

나를 본 엘레나도 이쪽으로 오고 있었다.

"혹시 스티븐 못 봤어?"

"어, 그게, 보긴 봤는데 다른 볼일이 있는 것 같았어."

"이제 곧 시작이야. 빨리 와야 할 텐데."

47

 커튼 틈 사이로 바깥을 살짝 내다보니 중앙의 강연대 앞에 게일 선생님이 서 있었다. 마이크에서 삐익 하고 찢어지는 소리가 한 번 난 다음 게일 선생님의 목소리가 이어졌다.
 "브라이트 라이프 아트 공모전에 오신 것을 환영합니다."
 토리는 카드를 움켜쥔 손에 머리를 파묻고 있었다.
 "나는 사람들 앞에서 말하는 데엔 소질이 없어."
 "너도 연설을 해야 하는 거야?"
 "결선 진출자들은 전부 자기 작품에 대해 설명해야 돼."
 그리고 보니 모든 아이들이 손에 든 카드를 들여다보는 중이었다. 엘레나조차 카드를 들고 뒷짐을 쥔 채 빙빙 원을 그리며 이리저리 서성이고 있었다. 학교 조회 시간에도 좀처럼 카드를 준비한 적이 없는 엘레나였다.
 나는 카드 없이 연설을 해야 했다. 당연하다. 아무 준비 없이 왔으니까. 엄마가 여기 없는 게 정말 다행이었다.

"겨우 1분 정도 하면 되니까 괜찮을 거야."

맨몸으로 무대에 올라간다면 1분이 한 시간처럼 느껴질 것 같았다.

혹시나 도움이 좀 될까 해서 게일 선생님이 사람들 앞에서 이야기하는 모습을 지켜보았다. 선생님은 커닝 페이퍼 없이도 노래방에 온 사람처럼 자연스럽게 마이크를 휘두르고 있었다.

"일곱, 아니…… 여덟 작품이 최종 결선에 진출했습니다. 모두 앞으로 나와 주세요!"

선생님의 손짓에 우리는 낚싯줄에 감겨 수면 위로 올라오는 물고기처럼 줄줄이 앞으로 걸어 나갔다. 아주 의례적인 박수가 이어졌다. 내가 항상 받는 '조용히 노력하는 학생' 상 순서에 나오는 박수와 똑같았다. 무대 한쪽에는 의자가 일렬로 놓여 있었고 우리는 의자 먼저 차지하기 게임이라도 하는 것처럼 허둥지둥 각자 의자를 하나씩 차지했다. 나는 토리 옆자리에 앉았다.

"한 사람씩 나와서 자신의 작품에 대해 간략한 설명을 할 겁니다."

게일 선생님이 텅 비어 있는 강연대를 힐끗 쳐다보며 말했다.

이어서 네 명의 심사위원 소개가 있었다.

"마지막으로 이번에 신설된 의대생 교육 센터의 센터장이신 빌리 탕 선생님을 소개합니다."

탕 선생님이 나를 보며 고개를 끄덕였다. 맨 앞줄에 일렬로 앉아 있는 심사위원들은 딱딱하게 굳은 얼굴로 역시나 딱딱해 보이는 나무 클립보드를 하나씩 들고 있었다.

지금까지 내가 준비한 말이라곤 이것뿐이었다. '그림은 재미있어야 한다.' 아무리 천천히 말해서 늘인다 해도 고작 이 한 문장으로 1분을 채울 수는 없었다.

"그럼 이제 결선 진출자 여덟 명의 이야기를 들어 보죠. 첫 번째 참가자 엘레나 오트리입니다. 주제는 '보다 빛나는 인생이란 무엇인가'입니다."

게일 선생님이 엘레나의 그림을 스탠드에 세우자 귀를 찢을 듯한 거센 휘파람 소리가 대회의장을 뒤흔들었다.

"엘레나, 파이팅!"

스티븐이었다. 그런데 늘 입고 다니던 검정색과 빨간색이 섞인 재킷이 보이지 않았다. 아마 보안요원을 따돌리기 위해 어느 기둥에 그 옷을 입혀 놓고 온 모양이다. 엘레나는 스티븐을 향해 생긋 미소를 지어 보이고 난 다음 끝내주게 감동적인 연설을 마쳤다. 엘레나의 이야기를 듣고 난 청중들은 세상을 구원하고픈 마음이 들었을 거다. 이어진 순서는 아픈 아이들을 치유하는 내용을 준비한 라이언이었다. 연설 내내 수화라도 하는 것처럼 양손을 끊임없이 움직이며 말하는 라이언을 보니, 공개 연설대회에서 왜 상을 탔는지 그 이유를 이제 알 것 같았다. 라이언의 연설에는 사람들에게 어떤 인상을 주기 위한 억지스러움이 없었다.

"여섯 번째 참가자, 토리 킴입니다."

"힘내, 토리. 파이팅!"

마이크를 향해 걸어가는 토리에게 속삭였다.

토리는 언니 캐롤린에 대한 시를 낭송했다. 자부심에 가득 찬 모습으로 무대 한 가운데 서 있는 토리는 반짝반짝 빛이 났다. 둘째 줄에 앉아 있는 캐롤린은 토리의 딱 몇 년 뒤 버전을 보는 것 같았다. 토리 집안에는 미인 유전자가 있는 게 분명했다.

그때 갑자기 무릎이 쿡쿡 쑤시는 통증이 느껴져서 나도 모르게 천천히 자리에서 일어나고 말았다. 심사위원 중 한 명이 정말 이상하다는 눈빛으로 빤히 쳐다보는 바람에 다시 엉거주춤 자리에 앉았지만. 최악의 시작이 될 뻔했다. 아직 한마디도 못 했는데.

토리가 자리에 앉자 심사위원들은 서로 이야기를 주고받기 시작했고 무대에 있던 게일 선생님이 다시 마이크를 잡았다.

"또 한 명의 결선 진출자, 코너 왕입니다."

나는 불빛을 보고 달려드는 나방처럼 벌떡 일어나 앞으로 나갔다. 게일 선생님이 내 드래곤을 공개하자 심사위원들의 입이 치과 진료를 받을 때처럼 쩍 하고 벌어지는 게 보였다. 게일 선생님의 눈빛은 이렇게 말하고 있는 것 같았다.

'바보 같은 짓 하지 마라.'

나 역시 눈빛으로 이렇게 대답했다.

'아무것도 장담은 못 해요.'

마이크 앞에서 헛기침을 하자 그 소리가 온 회의장 안에 울려 퍼졌다. 내 가슴팍이 파도처럼 오르락내리락 요동치고 있었다. 나는 비상구 사인이 반짝이는 뒤쪽 벽을 똑바로 응시했다.

그때였다. 엄마를 본 건.

48

혀가 마비되는 것 같았다. 시선을 돌려 다시 내 앞에 앉아 있는 사람들을 바라보았다.

"이 드래곤, 정말 무시무시하지 않나요? 제 생각엔 3D 안경을 쓰고 보는 것보다 훨씬 더 생생해 보이는데요."

청중들 반은 웃었다. 아마도 나머지 반은 당장 자리를 박차고 나가 버리고 싶은데 차마 그러지는 못하는 것 같았다. 엄마는 여전히 팔짱을 낀 채 서 있었다. 그래도 엄마를 볼 수 있어서 다행이라는 생각이 들었다. 비록 스케치북과 연필을 만질 수 없도록 나를 기숙학교로 보내 버리려 했던 엄마지만.

"제 캐릭터는 불타지 않는 전사입니다. 갑옷을 입고 있으면 아무도 막을 자가 없죠. 저도 마찬가지입니다. 만화를 그릴 때면 그 어떤 일로도 상처 받지 않아요. 제 그림으로 친구들을 웃게 만드는 건 정말 신나는 일이에요. 다른 아이들도 저를 보면서 그림에 대한 꿈을 키웠으면 좋겠습니다."

순간 엄마의 어깨가 축 늘어지더니 끼고 있던 팔짱이 풀렸다.

"물론 저는 학교 공부도 잘하고 있어요. 하지만 공부는 그림을 그리다가 그저 휴식이 필요할 때 하는 일이죠. 제게 있어 꿈이란 언제나 캐릭터와 만화뿐입니다. 그 꿈들을 여러분과 함께 나눌 수 있어서 정말 행복합니다."

1분이 지났을까?

모든 심사위원들이 클립보드를 내려놓았고 회의장 안에는 박수 소리가 들리기 시작했다. 여기저기서 터져 나오는 환호성에 우레와 같은 박수가 더해졌다. 그 소리는 꼭 수천 개의 변기에서 동시에 물을 내리는 것 같았다. 이 분위기에 흠뻑 젖은 나는 즉석에서 몸을 흔들며 춤을 췄다. 게일 선생님이 다른 아이들을 무대 위로 데리고 나오자 박수 소리는 더욱 커졌다.

"이제부터 심사 시간을 갖도록 하겠습니다. 바깥에 간단한 다과가 마련되어 있습니다."

사람들이 무대로 몰려와 카메라와 휴대폰을 꺼내 들고 내 그림을 촬영했다. 나란히 서 있던 라이언와 응우옌 아줌마가 나에게 다가왔다.

"너 정말 그림에 재능이 있구나, 코너."

"감사합니다, 아줌마."

그때 누군가 나를 부르며 손짓을 했다.

"저기, 코너 학생. 나는 「페어필드 어드밴스」*에서 나왔는데 작품 옆에

---

*오스트레일리아 지역신문.

서 포즈를 취해 줄 수 있겠니?"

드래곤의 불덩이를 좌지우지하던 나는 꼼짝없이 카메라의 플래시 세례를 받고 말았다.

"얘를 발굴한 건 나라고."

어디선가 스티븐이 나타났다.

"아니지! 최초로 발견한 건 나야."

맨디가 무대 위로 뛰어올라 냉큼 내 팔을 잡았다.

인파 속에서 엄마의 모습을 놓치고 말았다. 혹시 화장실로 숨어 버린 건 아닐까. 그런데 정말 뜻밖에도 엄마가 주위 사람들에게 내 스케치북을 보여 주고 있었다.

도대체 어떻게 된 거지?

사람들 사이에 파묻혀 앞쪽으로 다가오고 있는 엄마를 나보다 먼저 발견한 건 게일 선생님이었다.

"아드님은 타고난 아티스트입니다."

선생님은 엄마와 악수를 나누었다.

"정말 날카롭고 개성 있는 만화 스타일을 갖고 있어요."

선생님의 말에 엄마가 눈을 동그랗게 떴다.

"날카롭다니……. 혹시 위험한 건가요?"

"아뇨, 그게 아니라…… 코너가 그림에 재능이 있다는 뜻입니다."

"아, 네. 친구들이 코너에게 그림과 관련된 선물을 많이 주더라고요. 연필이며, 책이며……."

게일 선생님이 소리 내 웃었다.

"계속 그림을 그린다면 코너는 분명 대스타가 될 거예요!"

엄마가 나를 똑바로 쳐다보고 있었다. 설마 지금 엄마 눈에 미소가 번진 건가?

"최 선생님이 네가 여기 있다고 말씀해 주시더라. 이게 정말 네가 하고 싶은 거니?"

"나도 가족들에게 자랑스러운 사람이 되고 싶어. 물론 모든 결정은 엄마한테 달렸어."

결선 진출자들이 게일 선생님과 함께 다시 무대 위로 올라서자 심사위원장이 테두리가 반짝거리는 상패와 반으로 접힌 종이를 들고 마이크로 다가갔다. 만약 투시력이 있다면 지금이 바로 써먹어야 할 때였다.

심사위원장이 우리를 돌아보며 말했다.

"우선 코너 왕이라는 아티스트가 우리 모두를 놀라게 했다는 사실을 특별히 말씀드리고 싶군요."

어안이 벙벙해져 할 말을 잃었는데 나를 보며 활짝 웃고 있는 엄마의 모습이 눈에 들어왔다. 엄마가 웃고 있다는 사실만으로도 심사위원의 이야기는 더할 나위 없이 특별하게 느껴졌다.

"브라이트 라이프 공모전의 첫 수상자는……."

둥둥둥둥…… 드럼 소리가 들렸다……. 아니다. 내 심장이 미친 듯이 뛰는 소리였다.

"토리 킴!"

모든 사람들의 박수갈채 속에 토리는 미끄러지듯 걸어 나가 상패를 받아 들었고 나는 특별히 더 힘찬 박수를 보냈다. 토리는 충분히 상을 받을 만했다. 수상 소감으로 가족과 다른 모든 사람들에게 감사의 인사를 한 뒤 토리가 나를 가리켰다.

"그리고 코너에게도 고맙다는 말을 하고 싶어요. 제가 그린 힐에 와서 처음으로 만난 사람이 바로 코너였거든요. 코너는 항상……."

토리는 잠시 머뭇거렸다.

"코너는 그저 순수하게 예술을 사랑하는 친구였고 그 모습이 정말 멋졌어요."

"고마워, 토리."

내가 토리를 향해 손을 번쩍 들자 청중들 역시 환호했다. 난 혼자 속으로 웃었다. 그동안 토리에게 잘 보이려고 애써 나 자신을 꾸몄던 건 다 쓸데없는 짓이었다.

시상식이 끝나고 엄마가 카메라를 들고 다가왔다.

"가서 친구들 데려오렴. 사진 찍자."

맨디와 라이언을 끌어당겼다.

"엄마, 어서 찍어."

그러자 엄마는 옆에서 우리를 보고 있던 스티븐과 엘레나를 불렀다.

"거기, 너희 둘도 같이 서야지."

"그래도 돼요?"

"물론이지. 너희도 코너 친구잖니."

"감사합니다, 코너 어머니."

스티븐은 펄쩍 뛰어오르며 내 등을 툭 쳤다. 엘레나가 맨디 옆에 서자 엄마는 카메라 셔터를 눌렀다.

게일 선생님이 나를 한쪽으로 끌어당기며 말했다.

"어머니께서 너를 아주 자랑스럽게 생각하시는구나."

이제 엄마뿐 아니라 모든 가족이 그럴 거다.

"빨리 다시 그림을 그리고 싶어요."

"앞으로 드래곤과 기사단 말고도 훨씬 더 많은 걸 그릴 수 있길 바란다."

나는 선생님을 보며 활짝 웃었다. 또 다른 도전이다.

49

(4개월 뒤)

맨디는 우리 집에 자주 왔다. 학교 수업과는 상관없었지만 그래도 몹시 중요한 프로젝트가 있었다. 다름 아닌 맨디의 생일 파티 초대장을 만드는 일이다. 맨디는 메모장에 7월 17일이라고 적으며 말했다.

"내가 이 숫자들을 풍선처럼 올록볼록하게 쓸 테니까 네가 그림만 그려 주면 돼."

7월 17일. 일급비밀 작업이 완성되기까지 앞으로 2주 남았다. 나는 거대한 글러브를 끼고 있는 맨디의 초상화를 그리는 중이었다. 자신의 모습을 보고 나면 아마 강편치를 100번쯤 날릴지도 모르지만 충분히 그럴 만한 가치가 있는 작업이었다.

"열두 장 만드는 거 맞지?"

"응, 맞아. 토리도 초대했으니까 걱정하지 마. 너희 둘이 그렇고 그런 짓만 하지 않는다면……."

손바닥에 대고 쪽, 쪽, 쪽 하는 소리를 내며 맨디가 말끝을 흐렸다.
"어우, 그러지 마. 소름 돋아."
사실 그렇게 싫진 않았다. 상대가 토리라면.
맨디는 등을 대고 누워 공중으로 발차기를 시작했다.
"저번에 네가 치암파 선생님 그린 거 진짜 끝내줬는데."
전에 루비 교장선생님이 교육 주간을 맞아 아이들 몇 명에게 선생님의 모습을 그리게 한 적이 있었다. 나는 치암파 선생님이 집에 가져갈 수 있도록 두 장을 그려 드렸다. 선생님은 내가 원하는 건 뭐든 마음껏 그려도 된다고 허락해 주었고, 그 이유 때문인지 동의서 위조 사건도 그냥 덮어 준 것 같았다. 심지어는 그림 그리는 데 필요한 물품들을 보관할 수 있도록 선생님의 창고까지 사용하라고 했다.

우리 집 벽에는 여전히 루비 교장선생님한테 받은 스티커들이 반짝이고 있었지만 이제 그곳엔 내 그림도 함께 붙어 있었다. 집 안은 드래곤과 사이보그, 농구 선수, 그리고 스파이더맨까지 온갖 그림들로 넘쳐났다. 스파이더 강아지와 그의 친구들쯤 되려나. 아무튼 그랬다.

갑자기 맨디가 벌떡 일어나더니 방에서 막 나오는 엄마를 향해 손을 흔들었다.
"아줌마, 안녕하세요."
"맨디 왔구나."
"방금 로지 이모한테 편지를 썼단다."
"내 편지를 중국어로 번역한 거야?"
"물론이지."

편지는 「불타지 않는 기사단」의 네 번째 에피소드가 실린 「핫 스팟」 매거진 위에 포개져 있었다.

로지 이모는 주변 사람들에게 「핫 스팟」을 보여 주었는데, 특히 아이들의 반응이 뜨거웠다는 소식을 전해 왔다. 내 만화가 전 세계적인 히트작이 되고 있는 것 같았다. 이제 팬텀 존에 있던 그 직원만 이 소식을 들으면 된다.

맨디가 팔꿈치로 나를 쿡 찔렀다.

"근데 아줌마한테 그 통지서 말씀드렸어?"

"무슨 통지서?"

엄마 손에 들려 있던 펜이 바닥으로 툭 떨어졌다.

"아, 이런. 알려 줘서 고마워, 맨디."

얼른 스케치북에서 봉투 하나를 꺼냈다. 엄마는 봉투에 새겨진 켄츠워스 로고를 어루만지며 물었다.

"합격한 거니?"

"엄마가 먼저 보았으면 해서."

치암파 선생님이 내게 이 봉투를 건네주었을 때 스티븐과 다짜는 제발 좀 열어 보라며 애원을 했었다. 엘레나는 점심시간에 자신이 합격했다는 소식을 우리 모두에게 알렸고 라이언 역시 합격했다는 메일을 보내왔다. 봉투를 열어 안에 들어 있던 통지서의 첫 줄을 읽고 난 엄마의 얼굴에는 금방이라도 터질 것 같은 함박 미소가 가득 피어올랐다.

"합격이래!"

"정말 잘됐다, 코너드!"

맨디는 내 머리를 마구 비벼대며 외쳤다.

엄마가 나를 힘껏 껴안았다. 합격 통지서가 엄마와 나 사이에서 납작해졌다. 엄마는 이제 나의 가장 열렬한 팬이 되었다. 사람들을 만날 때마다 내가 게일 선생님 스튜디오에서 고등학생들과 함께 그림을 그린다는 사실을 자랑했다. 항상 카메라를 들고 학교 미술 전시뿐 아니라 웨스턴 시드니에 있는 캐슐라 파워하우스*의 전시회까지 내 작품이 있는 곳이라면 어디든 찾아다녔고 하나도 빠짐없이 촬영했다.

"네가 우리 집안을 빛냈구나."

엄마는 아빠의 제단을 바라보고 있었다. 나는 아빠에게 다가가 합격 통지서를 보여 드렸다. 분명 아빠도 지금 나를 보며 활짝 웃고 있겠지.

이제 사람들은 나를 보며 이야기한다. 타고난 재능을 갖춘 아티스트라고.

하지만 나는 진실을 알고 있다.

난 그저 꿈을 좇을 수 있어서 행복할 뿐이다.

---

*오스트레일리아 뉴 사우스 웨일스의 캐슐라에 위치한 멀티 아트센터.

감사의 말

코너가 세상에 나오기까지는 정말 많은 사람들의 도움이 있었습니다.
우선 무한한 신뢰와 지혜로 나를 이끌어 주었던 유능한 에이전트 브라이언 쿡에게 감사의 인사를 전합니다. 늘 응원해 준 Penguin HQ 식구들, 특히 발행인 로라 해리스와 편집자 헤더 커디. 당신들은 코너 탄생의 일등공신입니다. 끝내주는 일러스트와 디자인을 맡아 준 에비 오에게도 감사드립니다. 코너를 가장 처음 만난 우리 작가 그룹에게도 감사드립니다. 토리에 대한 진짜 이야기를 알고 있는 나의 원조 'C팀', 대학 동창이자 교사 동료 크리스티와 캐롤 그리고 한나, 언제나 유연한 사고로 나의 교사 생활을 가장 잘 이해해 주었던 마크 다이아몬드, 중국 특파원 로지, 중국어 이름을 찾아 준 조, 따분한 도서관 생활들을 함께했던 롱 셍까지. 언제나 내게 영감을 줄 뿐만 아니라 넘치는 아이디어와 에너지를 제공해 주는 나의 뮤즈, 추이 트랜에게도 감사의 인사를 전합니다. 약속했던 신발 꼭 사 줄게. 항상 친절하고 너그러웠던 쿵의 이야기도 빠뜨릴 수가 없네요. 전 정말 행운의 복돼지예요!

 마지막으로 이 글을 읽고 계신 팬들과 애독자들, 여러분은 제게 쫄깃한 풍선껌 같은 존재랍니다. 모든 건 바로 여러분이 있기에 가능했습니다. 보내 주신 메일과 댓글 정말 감사합니다. 앞으로도 많은 응원 부탁드릴게요. 언제나 수퍼 울트라 쿨하길!